괴이한 미스터리

괴이한
미스터리

박진우 편

나비클럽

월영 月影

서울에서 30킬로미터 정도 떨어진 월영시. 현재 신도시 계획이 잡혀 있으며 일부 아파트가 들어서고 분양이 들어간 상태. 신터널과 도로 구간은 아직 공사 중이라서 여전히 구터널을 통해 차가 오간다. 폐쇄된 병원과 낡은 모텔촌이 있는 재개발 주택지대의 구시가지 중심에 오래된 백화점이 있고, 그 앞에는 오벨리스크 형태의 위령비가 있는데 무엇을 기리는 위령비인지는 적혀 있지 않다. 이곳의 눈에 보이지 않는 기이한 존재들은 인간들로부터 자신의 영역을 적극적으로 지키고자 한다. 인간과 괴이의 중간지대를 오가는 폐지 줍는 할아버지는 저주받은 물건을 모으러 돌아다니고, 이 지역 토지신인 노란 스웨터를 입은 할머니는 괴이를 막고 사람에게 도움을 주지만 그 능력에는 한계가 있다.

차례

월영시는 당신을 기다립니다

엄길윤

감히 나한테 이별을 통보해? 제까짓 게 뭔데? 당연히 죽을 만한 짓을 한 거다. 어디서 기어올라? 이제는 전여친이라고 불러야 하나?

집에서 자고 있던 그녀를 죽이고 도망쳐 나왔다. 요즘은 사방이 CCTV 천국이라 길거리를 활보하다간 그대로 동선이 노출될 것이다. 내가 무슨 잘못을 했단 말인가? 다른 남자와 말하지 말라며 때린 게 뭐 대단한 일이라고. 그런 걸로 발끈해 헤어지자느니 어쩌냐느니 하는 게 더 잘못이지.

전여친이 살던 빌라 입구 앞에서 주위를 살폈다. 막상 뛰쳐나오긴 했는데 갈 곳이 없었다. 우물쭈물하다가 손에 들린 피 묻은 회칼을 바닥에 내던졌다. 늦은 새벽이라 거리에는 아무도 없었다. 몸을 내려다보니 입고 있던 카디건이 온통 피투성이였다. 잽싸게 벗어버렸다. 아무렇게나 던져놓고 곰곰이 생각했다. 너무 화가 나 계획도 없이 전여친을 죽이고 말았다. 일단 신고가 들어가기 전에 자리를 피해야 한다. CCTV가 없는 곳이 어딜까? 산이었다. 이 근처에 제법 해발이 높은 산이 있다는 걸 떠올렸다. 주말마다 등산객들로 붐비기는 하지만, 등산로에서 조금 벗어나면 숲이 있었다. 숨어 있기에는 제격이었다.

경찰들의 추적을 피하기 위해 가지고 있던 스마트폰도 버렸다. 산 입구로 들어와 등산로에서 벗어났다. 무성한 풀숲을 이리저리 헤매며 며칠을 버텼다. 그게 가능했던 이유는 근처에 공사현장이 있기 때문이었다. 인부들 간식거리인 빵과 캔커피를 훔쳐 먹으며 주변을 떠돌았다. 지금 할 수 있는 일은 그것뿐이었다. 아마 뉴스에 나오고 발칵 난리가 났겠지. 일가족 잔인하게 살해당하다! 범인은 남자친구로 밝혀져, 어쩌고저쩌고.

산으로 도망친 건 어디까지나 임시방편이었다. 먹을 것도 떨어져가고 언제 경찰들이 산으로 몰려올지 알 수 없었다.

어떻게 할까? 어디로 가야 할까? 아무도 없는 산속에 덩그러니 앉아 고민하다가 몇 달 전쯤인가 한 번 들른 적 있는 월영시를 떠올렸다. 왠지 음침한 그 도시는 특히 구시가지 쪽이 조용했다. 사람들이 거의 보이지 않는 한적한 거리의 모습이 머릿속에 어렴풋이 떠올랐다.

인부들의 사복을 훔쳐 입은 후 밤이 되길 기다렸다가 산에서 내려왔다. 현금지급기에서 전여친의 카드로 현금 200만 원을 찾았다. 사람들의 눈을 피해 택시를 타고 월영시로 향했다. 왠지 예감이 좋았다. 그곳이라면 남들 눈에 띄지 않은 채 경찰들이 잠잠해질 때까지 버틸 수 있을 것 같았다.

"멀리 돌아가는 거 아니에요. 월영시에 들어오려면 무조건 구터널을 지나야 하거든요. 신터널이 아직 공사 중이라서요."

택시 뒷좌석에 앉아 잠깐 잠이 들었다가 택시기사의 말을 듣고 잠에서 깼다. 택시는 컴컴한 구터널을 지나 월영시의 도로를 달리는 중이었다. 밖은 아직 밤이었다. 생각보다 월영시가 그리 멀지 않은 곳에 있는 모양이었다. 구원은 늘 가까운 곳에 있다더니, 그 말이 어느 정도 맞는 셈이었다. 며칠이나 산속을 헤맸더니 머리가 어지러웠다. 일단 쉴 곳이 필요했다.

"구시가지 쪽에서요, 모텔이 많은 곳으로 가주세요."

택시는 구시가지의 모텔촌에 멈춰섰다. 낡고 허름한 모텔들이 밀집한 곳이었다. 전체적으로 우중충한 분위기에 눈살이 찌푸려졌다. 사방에서 비린내가 진동하는 것 같았다. 씁쓸하게 입맛을 다시며 대충 눈에 보이는 모텔로 들어갔다. 계산대 앞으로 다가서자 사장으로 보이는 남자가 툴툴거리며 말을 시작했다.

"드디어 손님이 오셨네. 어서 와요. 여기 말이에요, 이사 올 때 얼마나 좋았는지 몰라요. 대박을 칠 것 같은 예감이 대갈통을 빡 스치더라니까. 근데 모텔 인수한 지 며칠이나 지났는지 아세요? 세상에, 아직 한 건도 못 잡았어요. 대박은커녕 쪽박차게 생겼으니, 원…. 그나저나 혼자예요?"

모텔 주인이 내 몸을 위아래로 훑어봤다. 뭔가 이상하다는 눈초리였다. 괜한 의심을 살까 싶어 얼버무렸다.

"이따가 여자친구가 올 거예요."

객실 키 보관함에서 객실 키를 꺼내던 모텔 주인은 그 말을 듣고 얼른 다른 객실 키를 건넸다.

"좋은 밤 되세요."

방긋 웃는 모텔 주인을 뒤로하고 방으로 향했다. 호수를 살펴보니 106호였다. 힘들게 걸어 올라가지 않아도 된다. 방으로 들어와 문을 잠그고 그대로 침대에 쓰러졌다. 한참을 뒹굴뒹굴하다가 감은 눈을 떴다. 좀 전까지만 해도 피곤해 죽을 지경이었는데 막상 누우니 잠이 오지 않았다. 불안했다. 아무리 예감이 좋았다고 해도 언제 경찰이 들이닥칠지 모를 일이었다.

벌떡 일어나 의자와 테이블을 겹겹이 쌓아 방문을 막았다. 가만히 귀를 기울여도 밖에서는 아무 소리도 들리지 않았다. 다시 침대로 가 누웠다. 한참을 끙끙거리다가 겨우 잠이 들었다.

"으아아아악!"

눈을 번쩍 떴다. 밖에서 무슨 비명 같은 게 들렸다. 익숙한 소리라는 걸 깨닫고 피식 웃었다. 이건 분명히 피해자가 낸 소리였다. 비굴하게도 비명을 지르다 중간에 멈추는 건 대부분 피해자들의 공통점이었다. 피해자들은 약해빠진 주제에 멍청하기까지 했다. 더 큰 해코지를 당할까봐 입을 다물어버리는 것이다. 아마도 자비를 바라는 거겠지. 지금 들렸던 비명도 그렇고, 전여친이 나한테 죽기 직전 내지른 비명도 하나같이 비굴했다.

철컥.

철커덕.

침대에서 벌떡 일어났다. 문손잡이가 돌아가는 소리였다. 누군가 문을 열려고 하는 것 같았다. 살금살금 문 앞으로 다가갔다. 가만히 문 쪽을 노려봤다.

철컥철컥.

문손잡이가 앞뒤로 흔들렸다. 확실했다. 누군가 방으로 들어오려는 거였다. 뒤로 물러섰다. 경찰일까? 아니면 방을 잘못 찾은 다른 손님일까?

쾅쾅! 누군가 방문을 두드리며 말했다.

"모텔 주인입니다. 문 좀 열어주세요."

모텔 주인의 목소리가 확실했다. 그렇다고 쉽게 열어줄 수는 없었다. 조금 더 뒤로 물러선 후 물었다.

"무슨 일이시죠?"

"문 좀 열어주세요. 숙박비를 적게 받았어요."

그럴 리가 없다. 아니, 설사 잘못 계산했다고 해도 이렇게 도중에 와서 달라는 건 말이 안 된다. 뒤에서 경찰이 대기하는 걸까? 손에 땀이 배었다.

"퇴실할 때 드릴게요. 지금은 좀 곤란한데요."

모텔 주인은 한동안 말이 없더니 다시 문을 두드리며 다급하게 말했다.

"지금 주세요. 어서요. 문 좀 열어주세요."

돈이 그렇게 궁한가? 한 건도 못 잡았다고 한 거 보면 뭔가 일이 잘 안 풀리는 것 같았다. 그래도 이건 좀 아니지. 그럼 진짜 경찰일까? 아닐 가능성이 컸다. 경찰이라면 진작 문을 따고 들이닥쳤을 터였다.

"제발 문 좀 열어주세요."

다시 모텔 주인이 문을 두드리며 말했다. 고개를 갸웃거렸다. 아까부터 약간 괴리감이 들었다. 문 두드리는 소리와 모텔 주인의 말이 뭔가 아귀가 맞지 않는 느낌이라고 할까?

"빨리 문 열어요."

모텔 주인이 다시 문을 두드렸다. 자세히 들으니 모텔 주인의 목소리가 아래쪽에서 들려왔다. 그리고 문 두드리는 소리는 그보다 훨씬 위에서 들렸다.

"제발요."

울먹이는 모텔 주인의 목소리가 점점 작아졌다. 위에서 다시 문을 쾅쾅 두드렸다. 이상했다. 아래에서 말을 하는데, 문은 위에서 두드린다?

바닥에 엎드렸다. 문 앞에 쌓아 올린 의자와 테이블 사이로 귀를 기울였다.

"제발 문 좀."

다 죽어가는 모텔 주인의 목소리 사이로 물이 졸졸 흐르는 소리가 났다. 소름이 돋았다. 분명히 아래쪽이었다. 벌떡 일어났다. 다시 위에서 누군가가 문을 두드렸다. 그리고 모텔 주인은 이제 아무 말이 없었다. 뭔가 숨이 넘어가는 듯 헐떡거리는 소리가 날 뿐이었다. 다시 누군가가 위쪽에서 문을 두드리더니 멀찌감치 떨어진 곳에서 탄성을 질렀다.

"와, 이걸 안 속네?"

손뼉을 치던 누군가가 저벅저벅 걸으며 문에서 멀어졌다. 무슨 일이 벌어진 걸까? 의자와 테이블을 치우고 밖에 나가 봐야 하나? 비스듬히 세워진 테이블을 만지작거리다가 문득, 상황이 좀 전과 비슷하다는 사실을 깨달았다. 문 두드리는 소리와 모텔 주인의 목소리가 위아래에서 각각 들렸던 것처럼, 안 속느냐는 목소리와 문 두드리는 소리도 멀리 떨어진 곳에서 들렸다. 문 앞에 한 명, 그리고 그 뒤에 또 한 명. 그럼 모텔 주인 말고도 최소 두 명이 더 밖에 있다는 뜻이었다. 어쩌면 발걸음 소리를 낸 건 일부러 한 명이 갔다는 걸 알리기 위함이고, 나머지 한 명이 문 옆에 바짝 붙어 내가 나오길 기다리고 있을지도 몰랐다.

창가로 달려가 밖을 살폈다. 성인 남자가 빠져나가기에는 너무 틈이 좁았다. 게다가 창문 밖에 보이는 거라고는 다른 모텔들뿐이었다. 주변을 서성이는 행인도 없었다.

방으로 돌아와 주변을 살폈다. 여길 빠져나갈 방법이 없을까? 괜히 TV 앞과 욕실을 기웃거리다가 침대 위쪽에서 이상한 걸 발견했다. 검은 구멍이었다. 하얀 벽지를 바른 천장에 검은 구멍 하나만 달랑 뚫려 있는 게 심상치 않았다. 침대로 올라가 가만히 올려다봤다. 구멍 안쪽에 빛을 받아 반짝이는 동그란 물체가 보였다. 카메라 렌즈였다. 이 구도와 위치라면 몰래카메라가 확실했다.

미친놈. 그래서 여자친구가 온다니까 이 방을 준 거였다. 한 건도 못 올렸다는 게 이런 걸 두고 말하는 거였다니. 혹시나 해서 욕실로 들어갔다. 욕조와 벽에 설치된 선반을 살피다가 샤워기 위쪽을 바라봤다. 있다. 벽과 천장이 만나는 모서리에 깨진 타일로 위장한 구멍이 보였다. 변기를 밟고 올라가 확인했다. 역시 몰래카메라였다.

혀를 차며 욕실 밖으로 나왔다. 방문을 바라봤다. 아무리 의자와 테이블로 막아놨어도 두 명이라면 충분히 뚫고 들어올 수 있는 상황이었다. 조심스럽게 문 앞으로 다가갔다. 나도 모르게 침을 꼴깍 삼키며 귀를 기울였다. 밖은 쥐죽은 듯 고요했다. 어쩌면 경찰에 쫓기는 상황이라 내가 너무 예민하게 구는 것인지도 몰랐다.

"눈치도 빠르네. 이 정도면 인정. 대단해요."

문밖에서 웃음기 가득한 목소리가 들리더니 뭔가를 바닥에 질질 끌었다.

"헉!"

뒤로 물러났다가 다시 멍하니 문을 바라봤다. 질질 끄는 소리가 복도를 맴돌다가 이내 멀어졌다. 가만히 문을 노려보며 심호흡을 했다. 두 명이 맞았다. 음흉하게도 함정을 파놓고 내가 나오길 기다렸다. 경찰이고 나발이고 지금은 한시라도 빨리 이곳을 벗어나고 싶었다. 하지만 놈들이 진짜로 갔는지 확신이 서지 않았다.

벌떡 일어나 방안을 서성였다. 문밖은 아까처럼 조용했다. 진짜 갔을까? 한참 동안 불안에 떨며 방안을 거닐다가 용기를 내 문 앞으로 갔다. 여전히 밖에는 아무런 인기척도 없었다. 지금까지 기다렸다고 하기에는 너무 많은 시간이 흘렀다. 어쩌면 그대로 사라졌을지도 모를 일이었다. 분명히 멀어지는 소리가 들렸었다.

조심스럽게 의자와 테이블을 치웠다. 먼저 심호흡을 한 뒤에 문을 벌컥 열었다. 문밖에는 아무도 없었다. 안심하며 밖으로 나오다가 복도를 바라봤다. 사방이 핏자국이었다. 뭔가를 질질 끌고 간 흔적이었다. 문 앞에서 시작한 검붉은 핏자국이 마치 길이라도 난 것처럼 벽을 타고 천장으로 이어지더니 다시 벽으로 내려와 바닥을 통해 복도 끝 모텔 입구로 빠져나갔다. 모텔 주인은 어디에도 보이지 않았다. 그들이 끌고 간 것 같았다. 벽과 천장에 길게 달라붙은 핏자국이 방울져 밑으로 뚝뚝 떨어졌다.

이를 악물고 복도를 달렸다. 어차피 더는 이곳에 머무를 수 없었다. 모텔 입구가 보이자 눈을 질끈 감았다. 밖에 뭐가 있을지 알 수 없었다. 문을 열어젖히고 몸을 내던졌다. 균

형을 잃고 넘어져 한 바퀴 구른 후 다시 벌떡 일어섰다. 눈을 떠 주위를 살폈다. 모텔 밖에는 아무것도 없었다. 아직 밤인지 사방이 어두컴컴했다.

어디로 가는지도 모르고 일단 달렸다. 정신없이 뛰다보니 어느새 번화가였다. 늦은 밤이라 그런지 주변에 사람이라곤 그림자도 보이지 않았다. 마트와 백화점은 영업시간이 지난 듯 불이 꺼져 있고, 시청으로 보이는 건물은 아예 폐쇄된 상태였다.

속도를 늦춰 걷다가 작은 공원처럼 보이는 곳에서 위령비를 발견했다. 마치 돌로 만들어진 검을 싹뚝 잘라다 땅에 박아놓은 것처럼 생겼다. 왜 이런 게 여기 있는 거지? 그 자리에 멈춰 주위를 살폈다. 공원은 전혀 관리를 하지 않는 듯 사방에 잡초가 무성했다. 다시 걷다보니 인적이 뜸한 썰렁한 먹자골목이 보였다. 공원도 그렇고, 먹자골목도 듬성듬성 빈 걸로 보아 아예 상권이 죽은 지역 같았다.

주변을 둘러보며 모텔에서 빠져나올 때를 떠올렸다. 대체 무슨 일이 벌어졌던 걸까? 경찰에 신고할 수도 없었다. 핏자국의 양으로 보면 모텔 주인은 죽은 게 확실했다. 어디로 끌고 간 걸까? 일단 밤을 지낼 만한 곳을 찾아야 한다. 먹자골목을 지나쳐 밤길을 걸었다. 주위에 사람이 별로 없어 다행이었다. 지금쯤이면 뭣도 모르는 경찰들이 내가 사람을 죽였다는 사실을 인터넷에 널리 퍼뜨렸을 게 틀림없었다. 혹시 공개수배라도 됐다면 언제 신고를 당할지 모를 일이었다.

걸으면서 생각할수록 화가 치밀어 올랐다. 전여친이 헤어지자고 해서 이런 일이 벌어진 거였다. 죽은 사람은 이미 죽었으니 된 거지만, 난 이렇게 경찰에 쫓기며 고생하고 있지 않은가? 건방지게 그런 말만 하지 않았으면 진짜 죽이지는 않았을 터였다.

슬슬 배가 고팠다. 보아하니 식당은 찾기 힘들 것 같고, 편의점도 보이지 않았다. 여긴 어딜까? 대충 봐도 원룸들이 다닥다닥 붙어 있는 누추한 동네였다. 이런 곳에 음식을 먹을 만한 곳이 있을 것 같지 않았다. 걸음을 바삐 옮겼다. 저 언덕만 넘으면 시내로 통하는 길이 나올지도 몰랐다.

땀을 뻘뻘 흘리며 언덕을 올랐다. 고개를 드니 간판 불빛이 깜빡거리는 슈퍼가 눈에 들어왔다. 편의점은 아니더라도 과자나 빵 정도는 살 수 있겠지 하며 발걸음을 옮겼다.

슈퍼 미닫이문을 열었다. 드르륵하고 문이 옆으로 밀리자 위에 매달린 방울이 딸랑거렸다. 계산대를 보니 아무도 없었다. 뒤쪽에 다른 문이 있는 것으로 보아 안쪽은 주인이 기거하는 방인 모양이었다.

미닫이문을 닫고 슈퍼 안으로 들어왔다. 아직 조용한 걸보면 슈퍼 주인은 가게 문 닫는 걸 깜빡하고 잠자리에 든 것같았다. 먹을 만한 게 뭐가 있을까? 내부를 살피는 사이 안쪽방문이 열렸다. 슈퍼 주인인가 싶어 쳐다봤다. 정장을 입은남자가 아무 말도 없이 걸어 나왔다. 손등과 바지 위쪽 허벅지 부위에 약간의 피가 남아 번진 상태였다. 흠칫 놀랐다. 본능적으로 아무렇지도 않은 척 빵들이 쌓인 매대로 시선을 돌렸다. 뭔가 이상했다. 그 사람의 얼굴을 봤기 때문이었다. 그는 눈알을 이리저리 굴리며 들어오는 내 모습과 닫힌 미닫이문을 살폈다. 그건 손님을 대하는 슈퍼 주인의 행동이 아니었다. 문이 닫혔다는 사실을 재차 확인한 거였다.

가스배관을 타고 3층 전여친의 방에 침입할 때도 그랬다. 창문을 넘어 들어가자 누워 있던 전여친이 벌떡 일어났다. 그때 내가 확인한 건 전여친의 얼굴도 아니었고, 옆에 누가있는지도 아니었다. 문이 닫혀 있는지, 아니면 열려 있는지였다. 문이 닫혀 있어야 달아나기 전에 죽일 수 있기 때문이었다.

내가 했던 행동과 너무나 닮았다. 게다가 그의 손등과 바지에 번진 피는 외부에서 튄 핏방울을 닦아낸 흔적이었다. 상황이 심상치 않았다. 더구나 슈퍼에 거의 아무도 오지 않을 시간대였다.

그가 손을 들어 이마에 흐르는 땀을 닦다가 손등과 바지를 확인하더니 물었다.

"혹시 내 손과 바지에 묻은 피 보셨어요?"

나도 모르게 침을 꼴깍 삼켰다. 저 남자는 내가 슈퍼에 들어오자 안쪽 방에서 뭔가를 급하게 마무리하고 나온 것이다. 옷에 피가 튀면서 남이 봐서는 안 되는 행동이라면… 설마? 표정을 숨기기 위해 시선을 돌리며 대답했다.

"어? 그러네? 다치셨나봐요. 물건 정리하다 손을 베이셨나보네."

섣불리 반응해서는 안 된다. 침착하게 대응해야 한다. 그는 내 얼굴을 가만히 살피더니 물었다.

"찾는 거 있어요?"

모텔에서 벌어진 살인사건이 떠올랐다. 예감이 좋지 않았다.

"빵이나 과자 같은 먹는 거요."

남자가 슈퍼 안을 둘러보며 중얼거렸다.

"그게 어디에 있더라? 빵하고 과자라. 이상하네? 그게 어 딨는지 모르겠네?"

슈퍼 안을 대충 훑던 남자가 되물었다.

"이상하지 않아요? 슈퍼 주인이라는 사람이 손님이 왔는 데 피 묻은 거 봤냐고 물어보고. 물건이 어디 있는지도 모르 고. 마치 오늘 처음 슈퍼에 들른 사람처럼."

내 반응을 살핀다는 걸 깨닫고 소름이 돋았다. 지금 저 사 람은 일부러 자신이 뭔가 이상하다는 암시를 주고 있었다. 왜 그러는지 모르지만, 절대 넘어가면 안 된다.

"저도 가끔 그래요. 건망증이라는 게 노인이나 젊은 사람 을 가리지 않더라고요."

남자가 눈을 번뜩이며 바라봤다.

"진짜요? 근데 왜 이렇게 덥지? 아이고, 더워라. 정장 입 은 슈퍼 주인 봤어요? 아까부터 정말 이상하네? 몸에는 피도 묻어 있고."

과자 쪽으로 시선을 돌리며 대답했다.

"하나도 안 이상한데요?"

이건 함정이다. 일부러 저러는 거다. 휘말려서는 안 된다.

남자가 눈을 가늘게 뜨고 노려봤다.

"누가 봐도 이상하잖아요. 아까 내가 닫힌 문 확인할 때 놀랐죠? 일부러 못 본 척했잖아요. 알죠? 눈치챈 거죠?"

고개를 격하게 내저었다.

"뭘요? 아니에요."

남자가 빙긋 웃으며 말했다.

"에이, 알죠? 알잖아요. 왜 이러실까? 왜 모른 척해요? 다 알면서."

남자가 성큼 다가왔다. 나는 천천히 뒤로 물러섰다. 겨드랑이가 땀으로 젖었다.

"아까부터 뭘 안다는 건데요? 진짜 몰라요. 아무것도 모른다고요."

남자가 풉! 하고 웃더니 또박또박 말했다.

"내가 저 안에서 사람을 죽였거든요. 여기, 슈퍼 주인. 나이가 육십은 돼 보이는 노인네. 이제 확실히 알았네?"

낄낄대는 남자를 보며 마른침을 삼켰다. 이제야 그가 왜 그랬는지 알 것 같았다. 사람을 더 죽이고 싶었던 것이다. 한 명으로는 만족이 안 됐겠지. 그래서 억지로 만들어낸 거였다, 나를 죽여야 한다는 당위성을.

문이 닫힌 방에서 전여친을 죽인 직후를 떠올렸다. 옆에는 그녀의 여동생이 누워 자고 있었다. 아니, 정확히는 자는 척하는 걸지도 몰랐다. 이불을 뒤집어쓴 몸이 사정없이 떨리고 있었으니까.

중요한 건 여동생도 죽이고 싶다는 거였다. 평소 얼마나 자기 언니 편을 들던지. 그게 너무 꼴 보기 싫었다. 그럼 죽일 이유를 만들면 그만이었다. 얼른 여동생의 이불을 잡아당겨 내 얼굴을 보게 했다. 그리고 가슴에 칼을 휘둘러 무참히 살해했다.

"잠시만 기다려봐요."

남자가 슈퍼 안쪽 방으로 들어갔다. 선뜻 판단이 서지 않았다. 이대로 달아나야 할까? 곧이어 그가 피 묻은 칼을 들고 나왔다. 깜짝 놀라 뒤를 돌아봤다. 슈퍼 문은 닫힌 상태였다. 미닫이문이라 옆으로 밀고 뛰쳐나가는 데 적어도 2초 이상은 걸렸다. 그사이에 뒤에서 무슨 일이 벌어질지 알 수 없었다. 애초에 기회가 왔을 때 빠져나갔어야 했다. 남자는 흐뭇한 웃음을 지으며 고개를 끄덕였다.

"여기 온 지 며칠 안 됐거든요. 근데 벌써 두 명째야. 이제 세 명인가? 왠지 오고 싶더라고요. 여기에선 살인을 해도 경찰에 안 잡힐 것 같은 느낌?"

드르르륵. 갑자기 슈퍼 미닫이문이 열렸다. 남자가 깜짝 놀랐다. 황급히 뒤를 돌아봤다. 두 명의 사람이 슈퍼 안으로 들어왔다. 열린 미닫이문을 보자 정신이 번쩍 들었다. 지금이 기회였다. 그들 사이로 뛰어들었다. 허우적거리며 그들을 헤치고 슈퍼 밖으로 뛰쳐나갔다. 차가운 공기가 얼굴에 확 와닿자마자 누군가가 손목을 낚아채듯 잡았다. 엄청난 힘이었다. 몸이 반동을 이기지 못하고 휘청거렸다. 악을 쓰며 뒤를 돌아봤다. 슈퍼에 들어오던 사람 중 한 명이었다. 펄쩍 뛰며 팔을 거세게 흔들었다. 잡힌 손목은 풀리지 않았다. 이를 악물었다. 설명할 시간이 없었다. 지금은 달아나는 게 우선이었다. 저 사람들이 칼에 찔리든 말든 상관없었다.

주먹을 휘두르고 발길질을 하며 내 손목을 움켜쥐고 있는 사람을 때리기 시작했다. 그는 얼굴과 복부를 얻어맞으면서도 뻣뻣이 선 채 나를 쳐다봤다. 마치 거대한 기둥에 부딪히는 것 같았다. 옆에 있던 사람이 맞는 사람에게 말했다.

"놔둬. 어차피 먹잇감이니까."

끝까지 손목을 놓지 않던 사람이 어깨를 으쓱하더니 손목을 놓았다. 신음을 내뱉으며 손목을 어루만졌다. 잡힌 손목

뿐 아니라 팔 전체가 얼얼했다. 이건 뭔가 싶어 그 사람을 쳐다봤다. 고개를 갸웃거리던 그의 눈과 입이 옆으로 찢어질 듯 가늘어졌다. 마치 나를 보며 웃는 것 같았다.

지금은 그런 걸 신경쓸 때가 아니었다. 뒤돌아서 뛰어가다 어느 정도 멀어졌다고 판단됐을 때 다시 뒤를 돌아봤다. 어느새 수많은 사람들이 골목에 모여 꾸역꾸역 슈퍼 안으로 들어가는 중이었다. 그들 모두 눈과 입을 가늘게 찢으며 웃었다. 이상했다. 저 사람들은 뭐지?

일단 자리를 피하는 게 상책이었다. 밤을 보낼 곳을 찾아야 하는데 스마트폰을 버리고 온 상태라 지도 검색도 할 수가 없었다. 아까처럼 걸어 다니면서 뭐라도 찾기를 바라는 수밖에.

슈퍼에서 멀어져 이리저리 걷다보니 시내로 보이는 지역에 들어섰다. 여기도 먹자골목이 있던 곳과 마찬가지였다. 술 취해 비틀거리는 취객이 몇 명 보일 뿐 거리를 오가는 사람은 없었다. 문 닫은 가게들을 살피며 밤거리를 걸었다. 마땅히 들어갈 만한 곳이 보이지 않았다. 주위를 두리번거리며

괴이한 미스터리

걸었다. 한숨이 나왔다. 여기에 온 게 현명한 행동이었을까? 투덜거리면서 걷는데 뒤에서 발소리가 울렸다. 또각또각. 여자 구두 소리였다. 뒤를 돌아봤다. 아무도 없었다. 구두 소리가 멈췄다. 다시 걸었다. 뒤에서 또 구두 소리가 들렸다. 나를 따라오는 게 분명했다. 멈춰서 뒤를 돌아봤다. 골목에서 긴 머리의 여자가 나왔다. 앞머리로 얼굴을 가렸다. 그녀가 이상한 걸음걸이로 다가왔다. 얼굴을 푹 숙이며 물었다.

"오빠, 나랑 좋은 곳에 가지 않을래요?"

뭔가 가래가 끓는 듯한 여자 목소리였다. 절로 얼굴이 찌푸려졌다. 슬쩍 여자를 살폈다. 빨간 하이힐을 신은 구부정한 다리에, 백을 교차로 멘 모양새도 어설펐다. 상의는 정장 재킷에 흰 셔츠를 입었고, 밑에는 상의와 어울리지도 않는 미니스커트였다. 어떤 여자가 이런 식으로 옷을 입는단 말인가? 딱 봐도 수상했다.

"지금 바빠요."

뒤돌아서 다시 걸었다. 어쨌든 이렇게 밖에 있다간 언제 내가 수배자라는 게 노출될지 알 수 없었다. 숨을 곳을 찾아야 한다. 여자가 중얼거리며 쫓아왔다.

"내가 못생겨서 그래요? 내가 못생겼어요?"

짜증이 났다. 제정신이 아닌 것 같았다. 미친년인가? 대충 얼버무렸다.

"그런 게 아니라 바쁘다니까요."

여자가 내 팔을 붙잡더니 골목 쪽으로 끌어당겼다.

"더 예쁜 여자가 있어요."

"아, 이거 놔요!"

여자를 뿌리치고 골목을 돌아보다가 주위를 살폈다. 지나가는 사람이 보이지 않았다. 여자를 살폈다. 고개를 푹 숙여얼굴이 보이지 않았다. 여자가 다시 내 팔을 붙잡더니 자꾸골목으로 밀었다.

"더 예쁜 여자가 있으니 구경이라도 하세요."

거칠게 팔을 뿌리치며 화를 냈다.

"관심 없다니까!"

여자가 다시 덤벼들어 팔을 잡고 늘어졌다.

"나보다 백배 천배는 이뻐요!"

"이 여자가 미쳤나? 관심 없다잖아요!"

여자에게 잡힌 손을 확 뺐다. 휘청거리던 여자가 고개를갸웃거렸다.

"여자? 날 여자라고 부른 거예요?"

계속 고개를 숙이고 있던 여자가 얼굴을 확 들었다.

"그럼 나랑 한번 하게 해줄게요."

여자의 얼굴을 보고 구역질이 올라왔다. 빨간 립스틱을 바른 입 주변에 수염자국이 거뭇했다. 눈두덩은 판다처럼 시커멓게 칠했으며 눈 위로 쌍꺼풀 테이프가 번들거렸다. 그가 네모나게 각진 턱을 질경거리며 웃었다. 숨을 쉴 때마다 튀어나온 목젖이 꿀렁거렸다. 나를 보며 눈웃음을 치는 그는 누가 봐도 여자가 아니었다. 어설프게 화장을 한 역겨운 남자였다.

"미친 새끼가!"

여장 남자의 가슴팍을 밀쳤다. 넘어졌다 일어선 그는 골목을 살피더니 다급하게 팔을 휘저었다. 빨리 나오라는 신호였다. 재빨리 골목을 바라봤다. 어두운 골목 한쪽에 건장한 남자 셋이 모인 게 보였다. 누군가를 찾는 듯 주위를 두리번거렸다. 손에는 제각각 야구방망이를 든 상태였다. 내가 골목으로 들어오길 기다리던 게 분명했다.

깜짝 놀라 몸을 틀었다. 다리를 내뻗었다. 일단 피해야 한다. 여장 남자가 뒤에서 와락 껴안았다. 온몸을 뒤틀어도 놓아주지 않았다. 그가 아까와는 달리 걸걸한 목소리로 외쳤다.

"여기 이 사람이 절 성추행했어요!"

놀라서 펄쩍 뛰자 그가 더 꽉 안으며 외쳤다.

"이 사람이 절 강간하려고 했다고요! 누가 좀 도와주세요!"

뒤를 돌아보자 골목에 모여 있던 남자 셋이 이쪽을 쳐다봤다. 야구방망이로 나를 가리키더니 쿵쾅거리며 달려왔다. 주위를 살폈다. 저 멀리 지나가는 사람 하나가 가만히 바라보더니 다시 걸음을 옮겼다. 이대로라면 속절없이 골목으로 끌려 들어가고 말 것이다.

팔꿈치를 뒤로 휘둘러 여장 남자의 얼굴을 가격했다. 허리를 붙잡은 팔이 느슨해지자 어깨를 털고 뛰었다. 뒤를 돌아보니 여장 남자가 얼굴을 어루만지며 뒤뚱뒤뚱 쫓아왔다. 남자 셋은 야구방망이를 휘두르며 여장 남자의 뒤에서 달려왔다.

정신없이 뛰다보니 눈앞에 경찰서가 보였다. 좋지 않은 상황이었다. 방금 벌어진 일과 아무런 상관도 없이 가만히 있다간 오히려 살인범으로 체포될지도 몰랐다. 속도를 늦춰 조심스럽게 경찰서 앞을 지났다. 최대한 멀리 떨어져야 한다. 다시 뒤를 돌아보자 남자 셋은 사라지고 여장 남자만 남았다. 또각또각 구두 소리를 내며 걸어왔다.

일단 저놈부터 따돌려야 한다. 혼자라면 어떻게 해볼 수 있겠는데 나머지 패거리가 문제였다. 남자 셋이 어디에 숨어 있을지 알 수 없었다. 골목으로 들어와 이리저리 헤매다 다시 큰 거리로 나왔다. 뒤를 돌아봤다. 저 멀리에서 여장 남자가 끈질기게 쫓아왔다. 큰소리로 나를 부르며 웃었다.

"골목 안쪽으로 같이 가요! 여기에서 받는 첫 고객이니까, 특별히 공짜로 해줄게!"

정신병자 같으니라고! 처돌았나? 다시 속도를 내며 뛰었다. 이상하게도 남자 셋은 코빼기도 보이지 않았다. 어디로 간 걸까? 분명히 나를 쫓아왔다. 쉽게 포기할 놈들이 아니었다. 그렇다고 나를 앞질렀다는 생각은 들지 않았다. 뛰다보니 다시 큰 골목이었다. 헐떡이며 속도를 늦췄다. 승합차 한 대가 뒤에서 나타났다. 얼른 돌아봤다. 그대로 들이받으려는 듯 내 쪽으로 바짝 붙어 속도를 냈다. 깜짝 놀라 펄쩍 뛰며 옆으로 비켜섰다. 강한 바람이 휘몰아쳤다. 승합차가 문을 쾅! 닫으며 내 옆을 지나쳤다. 뭐야, 저거? 음주 운전인가?

다시 뒤를 돌아봤다. 여장 남자가 보이지 않았다. 드디어 따돌린 모양이었다. 다행이긴 한데 아직 안심할 단계는 아니었다. 아무리 생각해도 여기는 이상한 곳이었다. 온 지 하루도 안 지났는데 벌써 몇 번이나 죽을 위기를 넘겼다. 그게 가능한 일일까? 흉악범들이 한곳에 빽빽하게 모이지 않으면 불가능한 일이었다.

처음 월영시에 오게 된 계기부터 이상했다. 내가 전에 여길 왔었나? 그런 것 같긴 한데 언제 왔는지 왜 왔는지가 도저히 떠오르지 않았다. 그저 한 번 온 것 같다는 어렴풋한 기억만 남은 상태였다. 어떻게 된 일일까? 아무튼, 이곳은 위험하다. 빨리 안전한 곳을 찾아야 한다.

주위를 살피며 걸었다. 여전히 사람은 보이지 않았다. 추위를 느끼며 몸을 움츠리다가 도로 옆길에 차 한 대가 세워져 있는 걸 발견했다. 가만히 보니 아까 지나쳤던 승합차였다. 어느새 방향을 돌려 내 쪽을 바라보며 서 있었다.

뭔가 이상했다. 하필 이 장소에 차를 세웠다고? 의심스러운 마음에 승합차로 천천히 다가갔다. 조금 더 가까워지자 승합차의 모든 창문이 짙은 선팅으로 가려진 게 보였다. 시동도 걸려 있다는 걸 깨달았다. 옆을 지나칠 때 쾅! 하고 문 닫는 소리가 들렸었다. 확실했다. 그 승합차가 맞았다. 그건 나를 지나치기 전까지는 문이 열려 있었다는 뜻이었다. 번호판을 살폈다. 아예 붙어 있지 않았다. 원래 번호판이 없는 차량이 제일 위험했다. 단속을 피하고자 번호판을 떼버렸다는 건 그만큼 강력 범죄를 저지르겠다는 의미였기 때문이었다. 경찰도 번호판이 없는 차를 발견하면 무조건 강력사건으로 인지한다고 했었다.

슬금슬금 물러나다 뒤돌아 뛰었다. 여기는 무슨 일이 일어나도 이상하지 않은 곳이었다. 얼마 뛰지도 않았는데 저 앞에 낯익은 물건들이 땅에 떨어진 걸 발견했다. 긴 머리카락 가발과 하이힐 한 짝이었다. 여장 남자의 것이었다. 그는 어디로 갔을까? 뒤를 돌아봤다. 길거리에서 갑자기 사라질 리가 없었다. 저 승합차 안으로 끌려 들어간 것이다. 그래서 저차가 나한테 바짝 붙은 거였다. 옆으로 비켜서지 않았다면 나도 꼼짝없이 당했을 게 틀림없었다.

승합차가 덜컹거리며 흔들리더니 울부짖는 소리가 났다. 걸걸한 여장 남자의 목소리였다. 바퀴가 들썩일 정도로 요동치던 승합차가 어느새 잠잠해졌다. 헤드라이트가 번쩍 켜지더니 내 얼굴을 비췄다. 승합차가 요란한 엔진음을 내며 달려왔다. 문이 아까처럼 활짝 열렸다. 비명을 지르며 뛰다가 승합차가 따라오지 못하도록 좁은 골목길로 들어섰다. 한참을 이리저리 내달렸다. 잠시 쉬었다가 앞에 보이는 길목에서 왼쪽으로 꺾어 다시 뛰었다. 얼마 안 가 골목 모퉁이에서 건장한 남자 셋의 실루엣이 보였다. 야구방망이를 든 손이 경쾌하게 흔들렸다.

그 자리에 멈췄다. 함정이었나? 뒤로 천천히 물러섰다. 승합차는 어디에 있을까? 남자들을 살폈다. 서로 속삭이며 말을 주고받던 그들은 고개를 돌려 골목 안쪽을 바라봤다. 뭔가를 발견한 것 같았다. 그들이 손을 들어 눈을 가리는 순간, 골목 안쪽으로 빨려 들어가듯 사라졌다. 바닥에 그들이 들었던 야구방망이들만 덩그러니 남았다. 멍하니 모퉁이를 바라봤다. 이게 무슨 일일까? 나를 유인하는 거라면 이런 식으로할 리가 없었다. 그냥 쫓아와서 잡으면 그만이었다.

이상하다는 생각이 들어 모퉁이로 다가갔다. 근처에 접근해서 슬쩍 고개를 내밀어 안쪽을 살폈다. 승합차가 보였다. 나를 쫓던 승합차가 시동이 걸린 채 가만히 서 있었다. 활짝 열렸던 문이 스르르 닫혔다. 꺼져 있던 헤드라이트가 켜졌다. 밝은 빛이 눈을 찔렀다. 깜짝 놀라 뒤돌아 뛰었다. 말도 안 되는 상황이었다. 어떻게 건장한 남자 셋을 순식간에 차 안으로 끌어들일 수 있단 말인가?

뒤를 돌아봤다. 승합차가 모퉁이를 돌아 달려왔다. 다시 문이 덜컥 열렸다. 골목길을 달리다 옆의 담으로 뛰어올랐다. 두 손으로 벽의 모서리를 잡고 무릎과 팔꿈치로 버둥거리며 올라섰다. 승합차를 따돌리려면 이 방법밖에 없었다. 반대편으로 굴러떨어진 후 다시 일어나 뛰었다. 어디서 승합차가 튀어나올지 몰랐다. 최대한 길에서 멀어져야 한다.

헐떡거리며 담을 넘고 또 넘다가 어느새 인가에 도착했다. 가만히 살펴보니 모두 불이 꺼진 상태였다. 일정한 간격을 두고 자리 잡은 단층집과 이층집들 주변으로 쓰레기들이 가득했다. 아마도 이 동네에 도로가 나거나 복합단지 같은 게 들어올 예정이라 모두 집을 비운 모양이었다.

끼이이익! 타이어 미끄러지는 소리가 났다. 고개를 돌렸다. 저 멀리서 승합차가 헤드라이트를 켠 채 달려왔다. 바로 어둠에 휩싸인 빈집들 사이로 뛰어들었다. 허겁지겁 골목을 가로지르다가 대문이 활짝 열려 있는 집을 발견하고 그곳으로 들어갔다. 대문을 닫고 벽에 바짝 붙어 밖을 살폈다. 헤드라이트가 대문을 비추더니 곧 사라졌다.

대문 앞에 서서 골목길을 기웃거렸다. 언제 승합차가 다시 돌아올지 몰랐다. 일단 숨어야 한다. 눈앞의 불 꺼진 집을 바라보다 현관문으로 달려갔다. 손잡이를 돌려보니 문이 잠기지 않았다. 현관문을 열고 집안으로 들어갔다. 어두워 아무것도 보이지 않았지만, 그렇다고 불을 켤 수도 없었다.

문 앞에 가만히 서서 어둠이 눈에 익길 기다렸다. 사방은 온통 시커먼 어둠뿐이었다. 아무리 눈을 깜빡여도 어둠은 익숙해지지 않았다. 현관문을 살짝 열어 밖을 살폈다. 승합차의 헤드라이트 불빛은 보이지 않았다. 다시 문을 닫고 바닥에 쪼그리고 앉았다. 당분간은 여기서 버텨야 한다. 오한이 들어 팔과 다리를 문질렀다. 대체 무슨 일이 벌어진 걸까? 건장한 남자 셋이 순식간에 빨려 들어가듯 사라졌었다. 쫓아가 보니 승합차의 문이 닫혔다. 그들을 그렇게 차에 태우는 게 가능한 일일까? 슈퍼로 몰려오던 사람들을 떠올렸다. 모두 눈과 입을 찢어질 듯 벌리며 웃었다. 모텔에서 겪은 일도 이상하기는 마찬가지였다. 대체 어떤 살인자가 시체를 질질 끌고 벽과 천장을 오갈 수 있단 말인가? 어쨌든 경찰에 잡히면 모든 게 끝이었다. 그것만은 피해야 한다.

정면을 응시했다. 너무 어두웠다. 마치 끝없는 어둠 속에 홀로 선 느낌이었다. 그러고보니 아까부터 좀 이상했다. 아무리 짙은 어둠이라도 눈에 익으면 희미하게나마 뭐라도 보이기 마련이었다. 하지만 지금은 아무것도 보이지 않았다.

위화감이 들었다.

무슨 일일까 고민하다가 벌떡 일어났다. 뭐라도 해야 안심이 될 것 같았다. 손으로 주변을 더듬었다. 허공만 가를 뿐이었다. 아무것도 만져지지 않았다. 한 발자국 내디디며 손을 뻗었다. 싱크대로 추정되는 각진 쇠붙이가 잡혔다. 더듬거리며 발을 더 뻗자 얼굴에 툭, 무언가가 부딪쳤다. 물컹물컹하면서도 묵직한 물체였다. 겉에서 바스락거리는 질감이 느껴지는 거로 보아 비닐로 꽁꽁 싼 것 같았다.

부딪친 곳이 생각보다 아파 짜증이 났다. 얼얼한 이마를 신경질적으로 문지른 후 손을 들어 비닐을 만졌다. 손끝으로 고무덩어리 같은 게 잡혀 밑으로 타고 내려가니 왠지 익숙한 다섯 개로 갈라진 갈고리가 만져졌다. 마치 오그라든 손가락 같았다. 아니, 내 착각이었다. 그런 게 여기 있을 이유가 없었다. 조심스럽게 비닐 위로 그 물체를 더듬었다. 아무리 만져봐도 이건 손이었다. 잠시 고민하다가 비닐을 잡아 뜯었다. 부패된 고약한 냄새가 훅 끼쳤다. 찢어진 비닐 틈으로 손을 넣자마자 온몸을 털며 뒤로 물러섰다. 다리가 후들거렸다. 사람의 손이 분명했다. 그것도 차갑게 식어 딱딱하게 굳어버린 손이었다.

전여친과 여동생을 죽인 직후가 떠올랐다. 여동생의 가슴 팍에 꽂힌 칼을 빼냈다. 그 옆에서 우스꽝스럽게 나뒹구는 전여친을 보며 비웃다가 손가락 약지에 반지가 끼워진 걸 발견했다. 그건 다른 놈과의 커플링이었다. 참을 수가 없었다. 피에 젖은 반지를 강제로 빼냈다. 감히 날 배신하고 바람을 피워? 그때 전여친의 손가락을 만지던 느낌과 너무도 흡사했다.

잠시 생각에 잠겨 있다가 발을 잘못 디뎠다. 몸이 휘청였다. 깜짝 놀라 팔을 휘젓는 바람에 눈앞에 무언가를 움켜쥐었다. 비닐에 싼 차가운 고깃덩어리가 손에 잡혔다. 만져보니 사람의 허벅지였다. 놀라서 힘껏 밀쳤다. 동시에 끼익끼익 흔들리는 소리가 났다. 이건 시체일지도 모르는 뭔가가 매달려 있다가 내가 밀치자 앞뒤로 움직인다는 뜻이었다.

사방을 더듬으며 현관문으로 달려갔다. 툭, 툭, 뭔가가 연속적으로 부딪쳐 여기저기에서 끼익끼익 소리가 나기 시작했다. 매달린 시체 같은 게 한둘이 아니었단 말인가? 쾅! 현관문에 머리를 들이받았다. 아픈 게 문제가 아니었다. 쓰러졌다가 벌떡 일어났다. 문을 열었다. 옅은 달빛이 들어와 집안을 비췄다. 천천히 뒤돌아섰다. 넋을 잃고 눈앞의 광경을 바라봤다.

사람으로 보이는 무언가가 검은 비닐에 칭칭 감겨 있었다. 머리는 옆으로 꺾였고, 팔다리는 축 늘어졌다. 교수형이라도 당한 듯 천장에서 내려온 밧줄에 목이 걸린 상태였다. 거실 뒤쪽으로 뭔가가 더 매달렸다. 잘 보이지 않아 현관문을 활짝 열었다. 달빛이 쏟아졌다. 사방에 큼지막한 검은 비닐들이 천장 밑에 주렁주렁 달렸다. 모두 목 부분이 줄에 매달린 사람의 형상이었다. 속이 보이지 않아 여자인지 남자인지 구분할 수 없었다. 그들은 앞뒤로 흔들리며 자기네끼리 부딪쳤다. 얼마나 많이 매달렸는지 집안이 온통 시커멓게 보일 정도였다. 그래서 어둠 속에서 아무리 기다려도 앞이 보이지 않은 것이었다. 눈앞에 저런 시커먼 비닐로 꽁꽁 싼 시체들이 가득했으니까.

뒤로 물러서다 현관문으로 뛰었다. 바로 대문으로 내달렸다. 누가 저런 짓을 했을까? 무슨 목적으로? 대문 밖으로 나와 눈을 질끈 감고 골목길을 뛰었다. 승합차가 문제가 아니었다. 빈집에 매달린 저 시체들이 훨씬 위험하면서도 무서웠다.

정신없이 뛰다보니 어느새 불이 켜진 집들이 눈에 들어왔다. 사람이 한두 명씩 골목길을 걷는 게 보였다. 반가웠다.

뒤를 돌아봐도 승합차는 보이지 않았다. 가쁜 숨을 삼키며 그곳으로 향했다. 막상 와보니 집인지 가게인지 용도를 알 수 없는 건물들이 듬성듬성 늘어선 곳이었다. 안심하며 심호흡을 하다가 정신이 번쩍 들었다. 이렇게 마음 놓고 있을 때가 아니었다. 이제는 경찰에 잡히는 게 문제가 아니었다. 여긴 언제 죽임을 당해도 이상하지 않은 곳이었다. 일단 어디로든 들어가서 날이 밝을 때까지 기다려야 한다. 이렇게 늦은 밤에 밖에 나와 있다간 또 무슨 일을 당할지 모른다.

주변을 살폈다. 저 앞에 한옥식으로 지어진 여인숙이 눈에 들어왔다. 건물은 좀 낡았어도 주변 골목이 깔끔한 거로 보아 나름대로 관리가 되는 곳 같았다. 적어도 끔찍한 일이 일어난 모텔보다는 나았다.

여인숙 안으로 들어갔다. 노란 스웨터를 입은 할머니의 안내에 따라 창호지가 발라진 미닫이문을 열고 방안으로 들어왔다. 구석에 이부자리와 베개만 달랑 있는 방이었다. 이불도 깔지 않고 그대로 아랫목에 앉았다. 날이 밝는 대로 이 월영시를 떠야 한다. 아무리 생각해도 여긴 심상치 않은 곳이었다. 그리고 빈집의 그 시체들.

불안한 마음이 들어 슬그머니 문을 열고 밖을 살폈다. 양

옆으로 마주 보고 늘어선 방들은 모두 불이 꺼진 채 조용했다. 온갖 종류의 화분이 정중앙을 차지한 마당에도 사람이 없었다. 다시 방안으로 들어와 벽에 몸을 기댔다. 빈집에서 본 광경이 자꾸 눈에 밟혔다. 어디선가 본 것처럼 익숙했다. 마치 냉장고 같다고 할까? 시체들을 검은 비닐에 싸 한곳에 매달아놓은 게 무슨 음식이라도 저장해놓은 것 같았다.

불길한 생각을 떨쳐내려고 몸을 뒤척였다. 한시라도 빨리 이곳을 뜨고 싶었다. 여긴 사람이 살 수 있는 곳이 아니었다. 방안에 작게 난 창문을 올려다봤다. 아직 밤이었다. 날이 밝으려면 얼마나 기다려야 할지 알 수 없었다.

뜬눈으로 밤을 지새우다가 창문 밖이 파랗게 물들 즈음 깜빡 잠이 들었다. 그러다 눈을 번쩍 떴다. 문밖에서 사람들의 대화 소리가 들렸다. 환한 햇볕이 얼굴로 쏟아졌다. 어느새 반쯤 덮고 있던 이불을 떨치고 일어났다. 눈을 찌푸리며 창문을 올려다봤다. 날이 밝았다. 미닫이문을 열고 밖으로 나왔다. 맞은편 방에서 사람이 문을 여는 게 보였고, 신발을 꿰어 신고 마당으로 나오자 한 사람이 마당 끝의 공동화장실로 들어갔다.

눈을 비비며 여인숙 밖으로 나왔다. 몇 명의 사람이 바쁜 걸음으로 골목을 오갔다. 어제 겪었던 일들이 마치 꿈처럼 느껴질 정도로 평온했다.

급히 걸음을 옮겨 큰길로 나왔다. 속아선 안 된다. 눈앞에 보이는 게 전부가 아니었다. 어제 택시를 타고 월영시에 들어올 때만 하더라도 이런 일을 겪을 줄은 꿈에도 몰랐다. 어서 이 지옥 같은 곳을 벗어나야 한다. 경찰에 잡히느냐 마느냐는 나중 문제였다.

건널목 앞을 서성이는데 반대편 차선에서 빈 택시가 지나가는 게 보였다. 손을 흔들었다. 택시가 바로 중앙선을 가로지르며 달려와 앞에 섰다. 뒷좌석 문을 열었다. 택시를 타려고 몸을 기울이니 택시기사가 말했다.

"아이고, 죄송합니다. 아침에 급한 일이 있어서요. 깜빡 잊고 뒷좌석을 못 치웠네요. 편하게 앞에 타시죠."

택시 안을 살폈다. 뒷좌석에 널브러진 옷가지들과 빵 봉지가 보였다. 의자 밑에는 2리터짜리 페트병도 굴러다녔다. 몸을 뒤로 빼 도로를 살폈다. 다른 택시는 보이지 않았다. 하는 수 없었다. 뒷좌석 문을 닫고 조수석에 탔다.

"장거리 운행 가능하죠? 요금은 선불로 내고요."

택시기사가 흔쾌히 말했다.

"그럼요. 어디로 갈까요?"

"저기, 밑에 지방. 어디냐. 그래, 군산으로 가주세요."

택시기사에게 요금을 지불하고 몸을 의자 깊숙이 파묻었다. 아무런 연고도 없는 군산으로 가야 경찰들의 추적을 따돌릴 수 있었다. 분명히 사건이 터지고 내가 유력 용의자라고 특정되자마자 가족이나 지인들을 먼저 털었을 게 틀림없었다.

잠시 눈을 감고 있다가 고개를 돌려 바깥 풍경을 바라봤다. 아무리 생각해도 내가 잘못한 것이 없었다. 감히 나에게 이별을 통보하고 끝까지 반성하지 않은 그년 탓이었다. 제 주제에 어디 헤어지느니 마느니 운운인지. 그건 오직 나만이 내릴 수 있는 결정이었다. 그년의 여동생도 마찬가지였다. 어디서 언니 편을 들면서 박박 대드는지. 다시 그 상황이 와도 백번 천번 죽이고 죽일 것이다.

택시는 구터널로 빠지는 길목을 지나쳤다. 분명히 월영시에 들어오려면 구터널을 지나야 한다고 했었다. 들어올 때 택시기사가 그렇게 말했었다. 아니면 다른 길이 있나?

월영시는 당신을 기다립니다

"이 길이 맞아요?"

쿵! 택시기사를 돌아보는 순간, 무언가가 택시를 들이받았다. 안전벨트를 맸는데도 온몸이 들썩였다. 택시가 급하게 멈췄다. 뭔가 싶어 주위를 두리번거리다가 조수석 창밖을 살폈다. 소형 차량인 스파크가 택시 옆구리를 박은 채 서 있었다. 쯧쯧, 혀를 찼다. 뒤에서 받은 것도 아니고, 비보호 좌회전 도로에서 반대편 직진 차량과 부딪친 것도 아니었다. 옆이었다. 갑자기 어딘가에서 튀어나와 그대로 옆을 들이받은 것이었다.

생각보다 큰 사고에 울컥 짜증이 났다. 이곳을 빨리 떠나야 하는데 시간이 지체되게 생겼다. 안전벨트를 풀고 창밖을 살폈다. 도로를 지나는 차량이 없었다. 주변은 아예 사람이라고는 보이지 않는 허허벌판이었다. 넓게 펼쳐진 논을 사이에 두고 저 멀리 음침한 분위기의 병원만 달랑 서 있을 뿐이었다. 외관의 페인트칠이 여기저기 벗겨지고, 간판이 비뚤어진 걸로 보아 현재는 정상 운영을 하지 않는 곳 같았다. 사고가 일어난 장소가 하필이면 이런 곳이라니. 한숨을 내쉬었다. 스파크는 택시 옆구리를 박는 사고를 냈는데도 아무런 반응이 없었다. 택시기사도 가해 차량을 물끄러미 쳐다보기만 했다.

"뭐 하는 거예요?"

조수석 창문을 열고 소리를 지르자, 스파크가 뒤로 움직였다가 덜컥 멈추더니 다시 뒤로 뺐다가 또 멈추고를 반복하며 천천히 도로 구석으로 향했다. 차를 운전하는 게 서툴렀다. 초보 운전인가? 스파크는 사고를 낸 마당에 사이드미러까지 접더니 몇 번 더 왔다갔다 하면서 차를 근처에 주차했다. 황당해서 말문이 막혔다. 미친 건가?

택시기사도 이상하긴 마찬가지였다. 내가 저게 뭐 하는 짓이냐고 눈짓을 하자, 아예 시선을 돌려 다른 곳을 쳐다봤다. 보통 이런 경우라면 보험사에 전화한다거나 아예 택시에서 뛰쳐나가 서로 누가 잘못했는지 싸우는 게 먼저였다. 아니면 현장 보존을 위해 사진이라도 찍어놓든지. 택시기사는 딴청을 피우며 운전대만 잡았다 놓기를 반복했다. 단체로 제정신이 아닌 모양이었다.

스파크의 시동이 꺼지더니 운전자가 내렸다. 짧은 반소매 티를 입은 사십대 남자였다. 스파크 외부에 붙은 천사날개 스티커나 인형으로 꾸며진 내부장식으로만 보면 여자가 타는 차였다. 남편인가? 와이프 차로 잘하는 짓이다. 택시기사를 살폈다. 나를 보더니 슬쩍 고개를 돌렸다. 주머니에 손을 집어넣었다. 뭐지? 가해 운전자가 조수석으로 오더니 문을 벌컥 열었다.

"많이 안 다쳤어요?"

느닷없이 문을 열어 어안이 벙벙했다.

"지금 뭐 하는 거예요? 서로 알아서들 하시고, 바쁘니까 빨리 다른 택시나 불러줘요."

가해 운전자가 눈으로 내 몸을 훑었다.

"괜찮죠? 안 다쳤죠?"

답답해서 쏘아붙였다.

"내 말 못 들었어요? 택시 불러달라니까."

가해 운전자가 들은 척도 하지 않고 꼬치꼬치 캐물었다.

"아픈 데 없어요? 배는 어때요? 통증이 있나 한 번 만져보세요."

확 짜증이 났다.

"지금 그게 중요해요? 바쁜 사람한테 이게 뭐 하는 짓이야? 애초에 사고를 내지 말았어야지."

가해 운전자가 눈을 동그랗게 뜨고 말했다.

"진짜 안 아프죠?"

한숨이 나왔다.

"왜요? 아프면 병원이라도 데려다주시게?"

가해 운전자가 씩 웃으며 말했다.

"왜냐면요, 뱃속이 상해버리면 꺼내 팔 때 가격이 깎이거든."

무슨 말인가 싶어 가해 운전자를 바라봤다. 택시기사가 주머니에서 칼을 꺼내 내 목에 겨누었다. 칼을 내려다보자 눈앞이 번쩍했다. 택시기사가 손을 들어 내 뺨을 후려갈긴 후말했다.

"앞 보세요. 괜히 더 맞지 말고."

가해 운전자가 조수석 뒷자리에 타더니 어느새 내 목에 칼을 들이댔다. 택시기사가 서랍에 칼을 던져 넣으며 짜증을 냈다.

"왜 이렇게 꾸물대? 눈치까고 튀었으면 어쩔 뻔했어?"

뒤에서 가해 운전자가 억울해하며 말했다.

"아니, 형님. 스파크 수동은 처음 몰아본단 말이에요. 여편네가 운전석에서 얼마나 소리를 빽빽 질렀는지 귀가 다 먹먹하다니까요."

택시기사가 피식 웃더니 고개를 돌려 폐병원을 바라봤다.

"잘하는 짓이다. 물건은 몸 안 상하게 잘 가져다놨고?"

"얼굴 쪽에 좀 칼을 대긴 했는데, 괜찮죠? 세상에, 요즘 사람들은 겁도 없어요. 왜 이렇게들 소리를 질러대는지."

"진짜 험한 일을 겪어보지 않아서 그래. 손님, 그렇죠?"

아무런 대답도 할 수 없었다. 이 자들은 사람의 장기를 내다파는 장기매매범이었다. 심장이 쿵쾅거렸다. 공범이 뒤에서 속삭였다.

"어깨라도 들썩인다, 소리를 지른다, 이러면 바로 모가지에 칼 꽂힌다. 얌전히 따라와. 그럼 적어도 고통은 없을 테니까."

장기매매범이 혀를 차며 말했다.

"그냥 눈 딱 감으면 끝나요. 억울해하지 말고. 인생이란 게 다 그런 거 아니겠요? 빈손으로 왔다가 뱃속까지 싹 다 털리는 거지."

공범이 고개를 빼고 장기매매범에게 말했다.

"형님, 궁금한 게 있는데요. 이런 기막힌 곳은 어떻게 알아냈어요? 폐병원이라니. 우리 일에 딱 안성맞춤이잖아요."

장기매매범이 택시 시동을 걸며 말했다.

"말했잖아. 감이라니까. 여기 월영시가 끌리더란 말이지."

공범이 탄성을 내질렀다.

"이야, 아무튼 우리 형님 감은 알아줘야 해. 덕분에 사람을 몇 명이나 팔아치웠는데도 안 잡힌 거 아냐. 여기로 도망쳐 오길 잘했어요, 정말. 참 용하시다니까."

택시가 속도를 내며 앞으로 달렸다. 고개도 마음대로 돌릴 수 없었다. 까딱하면 아예 목이 날아갈지도 몰랐다. 이 자들은 처음부터 끝까지 모든 걸 설계하고 나를 택시에 태운 거였다. 옷가지들과 물병 등으로 뒷좌석에 앉지 못하게 한 것부터 그랬다. 철저한 계획성에 소름이 돋았다.

전여친과 여동생을 죽인 후 반지를 빼내 창문 밖으로 멀리 내던졌던 때를 떠올렸다. 둘의 시체를 내려다보고 있자니 웃음이 나왔다. 이 소란이 났으니 분명히 부모도 딸들에게 무슨 일이 벌어졌다는 걸 알아챘을 거였다. 부모도 가만히 놔둬선 안 된다. 감히 날 스토커로 신고하고 딸과 헤어지라고 말했으니 죽는 게 당연했다.

방문을 활짝 연 후 밖에서 안이 잘 보이는지 확인했다. 두 여자의 상반신이 보이지 않았다. 다시 방으로 돌아와 전여친과 여동생의 다리를 잡아당겼다. 피에 젖은 상체들이 서로 뒤엉켜 힘없이 끌려왔다. 핏자국이 방바닥에 길게 늘어졌다.

이제는 잘 보이겠지. 회칼을 들고 죽은 여자들 옆에 섰다. 예상대로 잠시 후 아비와 어미가 방에서 나왔다. 딸의 방안에서 있는 나를 보고 놀라는가 싶더니 옆에 두 딸이 죽어 있는 걸 발견하고는 비명을 질러댔다. 낄낄거리면서 기다렸다. 부모라면 살인마가 있든 괴물이 있든 딸들이 있는 방으로 달려올 수밖에 없었다. 그건 선택할 수 있는 문제가 아니었다.

부모는 내가 든 칼을 보며 주저하다가 끝내 울부짖으며 방으로 달려왔다. 역시 예상대로였다. 당연히 올 수밖에 없겠지. 그들이 구르듯 들어오자 여유롭게 걸어가 방문을 닫았다. 부모는 피투성이가 된 딸들을 부둥켜안고 오열했다. 이제 응징의 시간이었다. 정신없이 딸들을 안아 드는 아비와 어미의 뒤로 걸어갔다. 허우적대는 그들의 목을 사정없이 찔러댔다. 그렇게 일가족 네 명을 죽이고 재빨리 빌라 밖으로 빠져나왔다.

목에 닿은 칼날의 감촉을 느끼며 몸을 부르르 떨었다. 그때와 비슷한 상황이었다. 입장이 바뀌었을 뿐이다. 살인마가 있는 방에 들어갈 수밖에 없었던 부모처럼 장기를 적출당할 줄 뻔히 알면서도 폐병원으로 끌려갈 수밖에 없었다. 장기매매범이 택시를 운전하며 휘파람을 불었다. 공범도 뒤에서 노래를 흥얼거렸다.

　그때 저 앞에서 젊은 여자가 도로에 발을 걸친 채 손을 흔드는 게 보였다. 공범이 물었다.

　"형님, 빈 차 표시등 키셨수?"

　장기매매범이 콧방귀를 뀌었다.

　"켜긴 뭘 켜. 저 여자가 죽으려고 환장했네. 이게 어떤 택신 줄 알고."

　공범이 살살 부추겼다.

　"그러지 말고, 한 건 더 합시다. 돈 많이 번다고 닳아 없어지는 것도 아니잖아요."

　장기매매범은 잠시 고민하더니 여자 쪽으로 택시 방향을 틀었다.

　"그럴까. 물 들어올 때 노를 안 저으면 빠져 죽는 법이지."

　공범이 목에 갖다 댄 칼에 힘을 줬다.

　"쉿. 입만 뻥긋해도 죽는다."

　목에 따끔한 통증을 느끼며 고개를 끄덕였다. 저 여자가 타든 말든 상관없었다. 중요한 건 이 상황을 어떻게 벗어나느냐였다. 택시가 여자와 가까워지자 공범이 칼을 뒤로 감췄다. 그렇다고 해도 섣불리 움직일 수 없었다. 아무리 목에서 칼이 멀어졌어도 찌르는 건 한순간이었다.

택시가 여자 앞에 섰다. 장기매매범이 조수석 창문을 열고
말했다.

"아가씨, 다른 손님이 있는데 괜찮겠어요? 이분들 얼마 안
가요. 저 앞에서 내려줄 거거든."

여자가 눈을 깜빡이며 고개를 끄덕였다.

"괜찮아요."

여자가 택시 뒤쪽으로 쪼르르 돌아 운전석 뒤로 탔다. 곁
눈질로 문을 닫는 여자를 봤다. 신발을 신지 않았다. 양말도
어디에다 뒀는지 아예 맨발이었다. 장기매매범이 씩 웃으며
속력을 냈다. 여자는 장기매매범을 힐끗 보고는 나와 공범을
돌아보며 말했다.

"아저씨들, 고마워요. 빈 택시를 몇 번이나 그냥 보냈는지
몰라요."

공범이 웃으며 말했다.

"고맙긴요. 우리가 더 고맙지. 덕분에 아주 그냥 떼부자가
되겠어."

장기매매범이 앞에서 맞장구를 쳤다.

"서로 도우며 살아야죠. 간도 내주고. 기왕이면 콩팥도 좋

고."

여자는 그들의 말이 들리지 않는지 푸념을 늘어놓았다.

"요즘 사람들 참 이기적이에요. 아무리 불편해도 그렇지. 차를 혼자 타는 게 어딨어요? 맨날 혼자야. 기껏 사람들이 많은 차를 잡으면 좁다고 태워주지도 않고."

듣다보니 여자의 말이 어딘가 이상했다. 사람이 많은 택시를 보낸 것도 아니고, 빈 택시를 보냈다니? 왜?

장기매매범이 여자의 말에 고개를 끄덕였다.

"아가씨가 맞아요. 다들 돈밖에 몰라. 사람 간의 신뢰가 중요한데 말이지. 아무도 못 믿는 세상이 됐잖아요."

여자가 활짝 웃으며 말했다.

"정말 다행이에요. 혼자 죽을 순 없잖아요. 기다리길 잘했어. 덕분에 이렇게 사람이 많은 차도 얻어 타고."

여자의 말에서 기분 나쁜 위화감을 느꼈다. 사람이 많은 차를 얻어 탄 게 왜 다행이라는 걸까? 그리고 혼자 죽을 수 없다니?

슬쩍 여자를 살폈다. 옷은 티셔츠와 청바지를 입었으며 가지런히 모은 손에는 아무것도 들고 있지 않았다. 스마트폰은 그렇다 쳐도 여자라면 적어도 작은 가방 하나 정도는 들고 다니기 마련이었다. 남자와는 달리 여자는 돌아다니면서 필요한 물건이 많았다. 그런 것들이 다 쓸모가 없다는 걸까? 공범이 칼을 꺼내 들었다.

"다행이긴 이년아. 우리가 누군지 알아?"

장기매매범이 낄낄거리며 웃었다.

"아가씨, 미안해요. 아까부터 웃음이 나와 혼났네. 여기에 오니까 왜 이리 좋은 일만 일어나는지 몰라."

여자는 놀라는 기색도 없이 장기매매범과 공범을 살핀 후내 얼굴을 보며 말했다.

"택시 강도 뭐 그런 거예요? 어머, 저 아저씨는 무서웠겠네요. 저는요, 죽고 싶은 사람이에요. 삶이 피곤해졌다고 할까? 하지만 혼자 죽기는 싫어요. 제가 왜요? 다 같이 죽어야덜 외롭잖아요."

문득, 여자가 맨발이라는 사실을 떠올렸다. 그건 앞으로 신발이 필요 없다는 뜻이었다. 손에 아무것도 들지 않은 것도 마찬가지였다. 어떤 물건이든 이제 쓸 일이 없을 거라는 이야기였다.

공범이 여자의 얼굴에 칼을 들이밀었다.

"이년 참 화끈하네. 말 잘했다. 죽고 싶으면 죽어. 우린 네

몸속에 있는 거 팔아서 떵떵거리며 살 거니까."

여자가 장기매매범에게 고개를 꾸벅 숙였다.

"태워줘서 정말 고마워요. 다른 곳에서는 아무리 자살을
해도 안 죽더라고요. 몇 번이나 차를 얻어 타고 사고를 일으
켰는지 몰라요. 그때마다 차 안의 사람들은 모두 죽었거든
요. 근데 저는 중상을 입고도 자꾸 병원에서 깨는 거예요. 왜
죠? 얼마나 억울한지 아세요?"

장기매매범이 버럭 화를 냈다.

"뭔 소리를 하는 거야? 이런 미친년을 봤나?"

그 말을 듣자마자 온몸에 소름이 좍 돋았다. 저 여자의 말
은 혼자 죽지 않겠다는 뜻이었다. 깜짝 놀라 공범을 돌아봤
다. 공범이 고개를 갸웃거리며 여자를 노려봤다.

"상황 파악이 안 되니? 그렇게 뻗댈 때가 아니라니까?"

여자가 장기매매범을 보며 말했다.

"아저씨, 여기 오니까 좋은 일만 일어났죠? 저도 그래요.
예감이 좋았어요. 여기에선 죽을 수 있을 것 같았거든요."

여자가 공범을 돌아보며 싱긋 웃었다.

"우리 모두 함께."

여자가 장기매매범에게 덤벼들더니 운전대를 확 꺾었다.

택시가 좌우로 흔들리다가 급격히 왼쪽으로 방향을 틀었다. 중앙선을 침범한 택시는 그대로 가드레일을 들이받고는 아래로 추락했다. 택시에 큰 충격이 가해지는가 싶더니 눈앞이 위아래로 뒤집혔다. 택시가 데굴데굴 굴렀다. 눈을 질끈 감고 몸을 웅크렸다. 택시는 몇 바퀴를 더 구른 후 다시 쾅 소리를 내며 멈췄다. 온몸이 끊어질 것 같은 고통을 느끼며 눈을 떴다. 앞 유리 너머로 먼지구름이 사방을 뒤덮었다. 택시는 다행히도 뒤집히지 않은 상태였다.

끙끙대며 차 안을 살폈다. 장기매매범이 운전석에서 앞으로 고꾸라졌다. 공범은 창문에 머리를 들이받은 채 코에서 피를 흘렸다. 겨우 고개를 돌려 운전석 뒤의 여자를 바라봤다. 거꾸로 처박힌 여자가 목을 부여잡고 고개를 들었다. 두 손으로 의자를 더듬으며 몸을 일으키더니 얼굴을 찡그리며 말했다.

"또 안 죽었네요. 이번엔 확실할 줄 알았는데."

여자의 말을 듣고 다시 장기매매범과 공범을 살폈다. 조금 다친 게 전부였다. 모두 몸을 들썩이며 숨을 쉬는 상태였다. 아쉽게도 저 나쁜 새끼들은 아무도 죽지 않았다.

교통사고의 후유증인지 시야가 점점 흐릿해졌다. 눈을 깜빡였다. 졸음이 쏟아졌다. 이렇게 큰 사고가 났으니 아마도 곧 있으면 앰뷸런스가 올 것이다. 치료를 받은 후 기회를 봐서 병원을 탈출하면 된다. 교통사고가 난 마당에 피해자들의 얼굴을 일일이 확인하지는 않을 것이다. 적어도 내가 일가족 네 명을 죽인 수배자라는 걸 쉽게 알아챌 리가 없었다. 장기매매범 일당과 미친 여자가 치료를 받고 다시 병원 밖으로 나온다고 해도 나와 아무런 상관도 없었다. 안심하며 눈을 감았다.

몸을 뒤척이다가 주변이 너무 조용하다는 느낌에 잠에서 깼다. 몸 상태는 그대로였다. 온몸이 아팠다. 조금 움직이니 옆구리가 쿡 쑤셨다. 끙! 앓는 소리를 내며 주변을 돌아봤다. 아직 택시 안이었다. 어찌된 일인지 운전석의 장기매매범과 뒷자리 있던 공범은 물론이고 그 옆의 여자도 보이지 않았다. 택시 밖은 조용했다. 번쩍이는 불빛도 보이지 않았다. 아직 앰뷸런스가 오지 않은 걸까? 그럼 택시 안에 있던 사람들은 어디로 갔을까?

옆구리와 어깨에 극심한 통증을 느끼며 몸을 일으켰다. 고개를 빼 택시 안을 살폈다. 그들이 있던 자리에 피가 튄 흔적이 보였다. 운전석도 마찬가지였고, 운전석 뒷자리와 그 옆자리도 피가 흠뻑 튀어 의자에 번진 상태였다. 분명히 사고가 난 후에 그들의 상태를 확인했었다. 이렇게 의자가 젖을 정도로 큰 출혈을 일으키지 않았다. 그렇다고 혼자 움직일 수 있는 상황도 아니었다. 대체 이게 어떻게 된 일일까?

다시 조수석에서 몸을 기울여 주위를 살폈다. 의자에 번진 핏자국이 바닥으로 떨어져 택시 밖으로 이어졌다. 모든 자리가 마찬가지였다. 뭔가가 피를 흘리는 그들을 택시 밖으로 끌고 나간 것 같았다. 길게 늘어진 핏자국 사이로 빨간 손바닥자국이 여기저기에 찍혔다. 끌려가면서 몸부림을 친 흔적이었다. 모텔에서의 일이 떠올랐다. 택시 안에 남은 핏자국의 모양이 모텔 벽과 천장을 오가며 질질 끌린 핏자국과 너무나 흡사했다.

웅성거리는 소리가 들렸다. 고개를 들었다. 어느새 거미줄처럼 금이 간 유리창 너머로 수많은 사람들이 택시를 에워쌌다. 비명을 지르며 몸을 움츠렸다. 모두 눈을 붉게 빛내며 택시 안을 들여다봤다. 그들이 내쉰 숨결이 유리창에 닿자 하얗게 김이 서렸다. 사방을 둘러보며 헐떡였다. 도망칠 곳이 없었다. 뿌연 유리창 너머로 보이는 건 그들의 모습뿐이었다. 조수석 문이 열리더니 누군가 들어왔다. 눈과 입을 찢어질 듯 벌리며 웃는 사람이었다. 슈퍼에서 봤던 사람 중 하나였다.

허우적대며 운전석 쪽으로 기어갔다. 운전대를 잡고 문손잡이로 손을 뻗자 운전석 문이 덜컥 열렸다. 역시 입과 눈이 찢어진 사람이 허리를 숙이고 쳐다봤다. 한가운데에서 어찌할지 몰라 얼굴을 감싸쥐었다. 운전석 문을 연 사람이 말했다.

"아직도 월영시에 자발적으로 왔다고 생각해요? 아닙니다. 끌려온 거예요. 악인이라면 거부할 수 없죠. 여긴 어떤 악행도 가능한 곳이니까요."

눈을 질끈 감았다. 덜덜 떨며 머리를 밑으로 처박았다. 운전석 쪽의 사람이 문을 활짝 젖힌 후 입맛을 다셨다.

"당신은 얼마나 맛있을까요? 마음속에 어떤 욕망을 가지고 이번엔 또 누구를 희생시킬까요? 그래요, 바로 그겁니다. 당신이 먹음직스러운 이유. 악인이니까. 그러면서 우리보다 약한 인간에 불과하니까."

조수석에 있던 사람이 발목을 잡았다. 펄쩍 뛰며 온몸을 뒤틀었다. 끌려가면 그대로 끝이었다. 있는 힘껏 발길질을 하며 발버둥쳤다. 울부짖으며 발목을 잡은 손과 팔을 걷어찼다. 기둥을 차는 느낌이었다. 아무리 저항해도 손을 놓아주지 않았다. 슈퍼 앞에서 그들에게 잡혔을 때와 똑같았다. 발목이 끊어질 듯 저렸다. 운전석 쪽의 사람이 머리채를 휘어잡았다.

"얼굴 좀 들어보세요. 얼른요. 보세요. 우리가 사람으로 보이나요?"

얼굴이 들린 채 온몸을 바들바들 떨며 그를 바라봤다. 눈물 콧물이 뒤엉켜 눈앞이 흐릿했다. 머리털이 다 뽑힐 것처럼 아팠다. 눈과 입이 찢어진 그는 누가 봐도 사람이 아니었다. 그가 머리를 놓아주며 키득키득 웃었다.

"악에게 최고의 먹잇감은 자신보다 작은 악이에요. 그럴 수밖에요. 악이 악에 끌리는 건 당연한 거 아닌가요? 우리 월영시에 와줘서 고마워요. 당신의 모든 것, 맛있게 잘 먹겠습니다. 이제 안녕히 가세요."

눈앞이 뒤집혔다. 사방이 피로 물들었다. 나는 발목을 잡힌 채 코와 입에서 피를 쏟으며 택시 밖으로 끌려 나갔다.

흉가

황세연

"천천히 둘러보시죠."

얼굴이 검은 오십대 부동산중개인이 마당이 넓어 보이도록 파란색 철대문을 양쪽으로 활짝 열었다.

"와! 마당이 전부 꽃밭이네. 하정 씨, 이게 무슨 꽃이지?"

나는 유모차를 밀고 하얀 꽃송이들이 가득한 마당으로 들어서며 뒤따라오는 아내에게 물었다.

"수국."

"수국? 수국이면 꽃이 파란색이잖아?"

"막 피기 시작해서 그럴 거야. 시간이 지나면 파란색으로 변해."

수국 꽃밭 사잇길을 걸어 현관으로 다가가던 중개인이 발길을 멈추고 돌아섰다.

"수국꽃이 꼭 파란색만 있는 건 아닙니다. 수국은 보통 꽃이 피기 시작할 때는 이렇게 녹색이 약간 들어간 흰 꽃이었다가 점차 연한 청색으로, 이어서 붉은 기운이 도는 자색으로 변하죠. 하지만 토양이 강한 산성일 때는 청색, 알칼리성에서는 붉은색을 띠는 특성이 있죠. 만약 붉은 꽃을 보고 싶으시면 알칼리성 용액이나 석고가루 같은 걸 뿌리 쪽에 뿌려두시면 됩니다."

마당 한가운데 서서 수국을 바라보던 아내가 수국 사이로 걸어가, 금방 쓰러질 것처럼 이쪽 화단을 향해 기울어 있는 담 앞에서 까치발을 하고서 담을 넘겨다봤다.

"왜 그래?"

"옆집에는 누가 사나 싶어서…. 집 살 때는 주변에 어떤 사람들이 사는지 보는 것도 중요해."

"부부싸움하다가 가스통 터트리는 그런 사람이라도 살까봐?"

"하하. 옆집에는 노부부가 수년째 살고 있습니다. 꽤 점잖은 분들입니다. 다만, 재개발만큼은 반대한다더군요. 노인들

특성이 대부분 살던 집에서 그냥 살려고 하잖아요. 얼마 전에 외지인 어떤 사람이 전화로 저 집을 비싸게 사겠다는 제의를 했는데, 한마디로 거절했다더군요. 자, 안으로 들어가시죠."

현관문을 열고 어두컴컴한 실내로 들어간 중개인이 문이 활짝 열려 있는 방들을 돌아다니며 전등 스위치를 눌러 집안을 환하게 밝혔다.

꽤 낡은 집이었다. 거실의 마룻바닥은 여기저기 틈이 벌어져 있었고, 하얀색 벽지도 곳곳이 누렇게 변색되어 있었다.

"혜혜. 이 동네는 집들이 다 이렇습니다. 곧 재개발될 거라는 기대감에 수리하지 않고 살아서…."

"집이 얼마나 비어 있었다고 했죠?"

아내가 물었다.

"14개월요."

"보일러는 잘 돌아가나 모르겠네?"

"사모님, 집을 정말 잘 고르신 겁니다. 이 일대에 이렇게 싼 집은 없습니다. 급급매물입니다. 집주인은 이 집을 하루라도 빨리 팔고 싶어하고, 사모님은 바로 들어오고 싶어하시니 조건도 딱 맞는군요."

"이 집 주인은 이 집을 언제 샀대요?"

아내가 다시 물었다.

"2년 조금 더 됐을 겁니다."

"그 전 집주인은 누군지 모르시고요?"

"저야 모르죠. 그런데 그런 걸 왜…?"

"그냥 궁금해서요."

"어떻습니까?"

중개인이 아내의 표정을 살피며 물었지만, 아내는 거실 유리창을 통해 수국 가득한 화단을 내다볼 뿐 대답하지 않았다.

"다른 집들도 좀 보여드릴까요?"

"아뇨. 전 이 집을 사고 싶어요."

거실과 안방만 대충 둘러본 아내가 먼저 현관 밖으로 나갔다.

나는 세 살배기 아들 은조를 안은 채 집안을 조금 더 둘러본 뒤 아내를 따라 밖으로 나갔다.

"그럼, 두 분이 상의해보시고 연락 주세요."

내가 이 집을 탐탁지 않게 생각한다는 걸 눈치챈 중개인이 대문을 잠근 뒤 먼저 자리를 떴다.

중개인의 모습이 사라지길 기다리던 내가 아내를 향해 돌아섰다.

"하정 씨, 이런 집에서 은조 데리고 살아도 괜찮겠어? 생각보다 오래 살아야 할 수도 있어. 아직 사업 시행인가도 안 났잖아."

"아이참! 이게 다 은조 때문에 이사하려는 거라니까!"

아내의 목소리에 짜증이 묻어났다.

"자기야, 이런 집에서 안 살면 언제 돈 벌 거야? 재개발만 돼봐. 몇억은 그냥 굴러떨어져. 글 써서 언제 몇억 모을래? 지금 같으면 돈을 모으기는커녕 겨우 먹고 사는 거잖아. 은조는 무슨 돈으로 키우고 가르칠 거야?"

"그래도 그렇지…."

"다른 건 생각 말고 은조만 생각해. 돈이 있어야 자기가 그리 애지중지하는 우리 은조를 남부럽지 않게 키울 거 아냐?"

"알았어…. 그럼, 바로 계약할 거야?"

"그래야지. 우리가 미적거리는 사이에 누가 채가면 어떡해."

"14개월이나 비어 있던 집을 누가 갑자기…?"

"세상일이란 모르는 거야. 내일 갑자기 사업 시행인가가 나기라도 해봐. 집주인이 집을 팔려고 하겠어?"

아내는 마음이 급한지 곧바로 휴대전화를 꺼내 들었다.

"집이 왜 14개월이나 비어 있었던 거예요?"

아내가 볼펜으로 계약서의 빈칸을 채우며 예순 살쯤 돼 보이는 집주인 여자에게 물었다.

"세입자가 이사 온 지 얼마 안 돼 갑자기 급한 사정이 생겼다며 이사 가겠다고 하더라고요. 사정이 딱한 듯하여 결국 내 돈으로 전세금을 빼줬는데, 재개발 예정 주택이라 세입자 구하기가 어려워 판매로 돌린 거예요."

"이 집에 직접 사신 적은 없으세요?"

"예, 우린 집 사서 세만 한 번 놓았어요."

"혹시 전 집주인은 어떤 사람인지 아세요?"

"거기 등기부등본에 나와 있을 텐데요. 부천에 사는 칠십 대 할아버지. 그분 아들 내외가 몇 년 살다가 어디로 이사 간 뒤 사정이 있어서 몇 년 비워뒀다가 파는 거라고 하더라고요."

"몇 년씩이나 집이 비어 있었다고요? 왜요?"

아내와 집주인의 이야기를 가만히 듣고 있던 내가 갑자기

끼어들었다.

"글쎄, 그런 사정까지야 내가 어떻게…"

"혹시 집터가 안 좋은가?"

"예에?"

집주인이 황낭하다는 표정으로 나를 쳐다봤다.

잔금을 치르고 열쇠를 받아든 우리 가족 세 사람은 점심도
거른 채 곧장 새집으로 향했다. 이삿짐 차가 도착하기 전에
청소를 마쳐야 했다.

"와! 정말 수국꽃이 파란색으로 변했어. 어? 이거 봐, 하정
씨. 붉은 꽃도 있어. 토양 대부분이 산성인데 저기만 알칼리
성인가봐."

내 말에 아내가 발길을 멈추고 파란 수국 한쪽에 탐스럽게
피어 있는 붉은 수국을 한참 동안 쳐다봤다.

"읍! 자기야, 이게 무슨 냄새지?"

청소도구를 들고 먼저 현관 안으로 들어선 아내가 인상을
썼다. 정말 안에서 뭔가가 썩는 듯한 냄새가 진동했다.

"전에는 이런 냄새 안 났었는데? 하수구에서 올라오는 냄
샌가?"

신발을 신은 채 거실로 들어간 나는 거실 창문을 활짝 열어놓고 안방 방문을 열었다.

"어? 이거 뭐야? 한 달 전에 집 보러 왔을 때도 이랬었어?"

안방 문 가운데 부분이 유화 물감을 아무렇게나 덧칠해놓은 것처럼 울퉁불퉁했다. 방문 앞쪽뿐만 아니라 뒤쪽도 마찬가지였다.

나를 따라 방문 앞뒤를 살펴본 아내도 인상을 찡그렸다.

"왜 이렇지? 전에 집 보러 왔을 때는 문이 활짝 열려 있어서 자세히 안 봤는데…."

오래전에 누군가가 방문 가운데를 주먹이나 망치 등으로 때려서 커다란 구멍을 뚫은 뒤 나중에 석고로 메우고 페인트칠을 한 흔적이었다. 전문가가 아닌 집주인이나 세입자가 수리한 솜씨였다.

나는 다른 방의 방문들도 살펴보았다. 화장실, 문간방, 작은방의 방문들도 모두 다 석고를 칠해 수리한 크고 작은 흔적들이 있었다.

"도대체 누가 이런 거야? 설마 부부싸움하다가…? 완전 사이코패스가 살았나보네."

"세상 살다보면 별 미친놈들 다 있어. 아이구, 이제 어쩔 수 없으니 신경쓰지 마세요, 서방님. 대충 살다가 재개발되면 새 아파트로 이사 갑시다. 자, 청소 시작!"

화장실에서 걸레를 빨아 들고나온 아내는 현관 신발장부터 청소하기 시작했다.

그런데 몇 분도 안 지나서 아내의 날카로운 비명이 또 들려왔다.

"어머나! 웬 칼이야?"

"무슨 칼?"

현관으로 달려가 보니 신발장 위쪽 깊은 곳에 시뻘겋게 녹슨 무쇠 칼 하나가 놓여 있었다.

"자기야, 저거 피 아니지?"

"아냐, 녹이야. 전에 살던 사람들이 두고 간 칼이야. 미신 때문에."

"미신?"

"칼을 두고 가는 건 이 집과 얽혀 있는 나쁜 악연을 끊고 이사 간다는 의미야."

"악연?"

"그냥 미신일 뿐이야. 칼을 두고 간다고 어디 불행을 잘라

낼 수 있겠어? 하정 씨는 가톨릭 신자잖아. 전혀 신경쓸 거
없어."

"참, 별 같잖은 미신을 믿는 사람도 다 있네."

이사 와서 처음 잠을 자는 첫날 밤이었다. 이삿짐 정리하
랴 청소하랴 몹시 피곤했지만, 집이 낯설어서인지 쉽게 잠이
오지 않았다.

새벽 1시쯤 잠들었을 것이다.

댕! 댕! 댕―!

세 번의 희미한 종소리. 거실 디지털시계의 종소리였다.

눈을 뜨니 창을 통해 들어오는 빛에 의해 천장이 뿌옇게
보였다. 갑자기 에어컨 바람이라도 불어오는 것처럼 이불 밖
으로 내놓은 두 다리에 서늘한 기운이 감돌더니 천장에 검은
점 하나가 어른거렸다. 습자지에 검은 먹물이 번지듯 그 점
이 점점 커져갔다. 1미터 정도 크기로 번진 검은 점에서 끈적
한 액체 같은 것이 내 얼굴을 향해 길게 흘러내리기 시작했
다. 아니, 그건 액체가 아니라 긴 머리카락이었다. 머리카락
한올 한올이 실뱀처럼 꿈틀거렸다. 검은 머리카락에 이끌려

허연 얼굴이 천장 속에서 스며 나왔다. 허연 구더기가 득실거리는 검은 얼굴이었다. 눈동자가 없었다. 구더기가 득실거리는 두 개의 검은 구멍이 있을 뿐이었다. 살이 썩는 지독한 냄새. 썩은 피부에서 박탈된 머리카락, 머리카락을 타고 흐르는 진물과 꿈틀대는 구더기가 내 얼굴을 향해 툭툭 떨어져 내렸다.

"으흐흡ㅡ."

공포에 질린 나는 악착같이 몸을 움직이려 했지만, 조금도 움직일 수가 없었다. 온몸이 끈적끈적하게 녹아서 침대에 찰싹 달라붙은 것만 같았다.

썩은 얼굴이 점점 내려와 내 얼굴을 들여다봤다. 썩은 얼굴에서 줄줄 흘러내리는 부패액과 꿈틀대는 구더기들이 반쯤 벌린, 다물 수 없는 내 입속으로 툭툭 떨어져 내렸다. 구더기들이 꼭 조이고 있는 목구멍을 간질이고 악취가 풍기는 썩은 물이 목구멍 속으로 흘러 들어가려고 했다. 끄윽ㅡ. 끄윽ㅡ.

"아하합!"

마비된 근육을 움직이려고 갖은 애를 쓰다가 비명을 지르며 잠에서 깼다. 드디어 몸이 움직였다.

댕! 댕! 댕-!

가위눌리기 전에 들었던 것과 같은 세 번의 희미한 종소리가 다시 거실에서 울렸다.

건조한 입안이 거칠거칠했다. 입안에 뭔가가 있었다. 혀와 손가락으로 더듬어 잡히는 걸 끄집어냈다. 아내의 긴 머리카락이었다.

몸을 일으키며 옆을 살폈다. 아내는 화장실에 갔는지 없었다. 침대에서 내려가 이동식 간이침대를 살폈다. 창을 타고 들어오는 희미한 가로등 불빛에 천사처럼 평화롭게 잠들어 있는 아들 은조의 모습이 보였다. 이유를 알 수 없는 막연한 불안감이 스르르 사라졌다. 악몽을 꾸고 가위에 눌렸을 뿐이었다.

우편물을 부치고 돌아오는데 칠십대 후반쯤의 노인이 우리집 대문 앞에 서서 집안을 살피고 있었다.

"누구시죠?"

노인이 급히 대문 앞에서 물러났다.

"아, 지나가다가 그냥⋯. 저, 여기 사슈?"

말투에 충청도 사투리가 섞여 있었다.

"그런데요?"

"이런 집은 얼마나 하나유?"

집을 보러 다니는 사람 같았다.

"재개발 주택 사시게요?"

"꼭 그런 건 아니구, 옛날 생각이 나서 한번 살펴봤슈. 예전에 내가 저쪽 금화부동산 옆에서 슈퍼를 했었거든유."

그 말을 듣는 순간 나는 어젯밤의 악몽과 함께 하나의 질문이 떠올랐다.

"예전에는 이 집에 어떤 사람들이 살았는지 아세요?"

"언제유?"

"어르신이 여기서 슈퍼 하실 때요."

"그때는 어떤 젊은 부부가 살았었는디…. 왜유?"

"요즘 제가 같은 악몽을 반복해 꾸는데, 이 집에 무슨 사연이 있나 싶기도 하고…?"

"악몽유? 무슨 악몽?"

노인이 호기심을 보였다.

"무서운 귀신 꿈요."

"남자 귀신인가유, 여자 귀신인가유?"

"여자 귀신요."

"그, 그래유….'

내 대답에 실망이라도 한 것처럼 노인의 목소리가 작아
졌다.

"어르신 슈퍼 할 때 이 집에 어떤 사람들이 살았었죠?"

"젊은 부부였는디…. 동거하는 사람들 같기도 허구. 내가
가끔 무거운 생수 같은 걸 배달하러 이 집에 들르곤 했었쥬.
지금 살아 있으믄 한 사십대 중반쯤 되었을 텐디. 칠 년쯤 전
인디."

"혹시 죽었나요?"

"죽은 건 아니구, 어느 날 갑자기 두 부부가 몸만 감쪽같이
사라졌슈. 거실에서 누구 혈흔이 좀 발견되었다며 형사들이
긴 꼬챙이로 온 집안을 찌르고 다니고, 개를 끌고 와서 냄새
를 맡게 하고, 마당이며 뒤꼍이며 곳곳을 파헤쳤는디, 결국
아무것도 안 나왔슈. 동네 소문에는 남편이 아내를 죽여서
바다에 버리고 투신자살했다고 하기도 하고, 아내가 바람을
피우다 들키자 정부와 함께 남편을 죽인 뒤 시체를 어딘가에
버리고 해외로 밀항했다는 소문도 있고. 하여튼 실종으로 처
리되었다가 계속 나타나지 않아 사망으로 처리되었다는 것

같아유."

노인은 말을 하면서 계속 우리집 쪽을 힐끔거렸다.

"아, 그래서 집이 오 년 동안이나 비어 있었던 거군요?"

"아마 그랬을 거유. 근디, 이사는 언제 왔슈?"

"일주일쯤 되었습니다."

노인이 고개를 끄떡였다.

"아내가 몇 살인가유?"

"서른여덟입니다."

"유모차가 있든디 애는 몇 살이유?"

"우리 나이로 네 살입니다. 왜요?"

노인이 꼬치꼬치 캐묻자 나는 막연한 불안감이 생겼다.

"나이 궁합이 어떤가 한번 따져봤쥬. 나쁘지 않네유. 잘살
규!"

노인이 자리를 뜨고 나서 집안으로 들어서니 무너질 듯이
기울어 있는 담장을 쇠파이프 몇 개가 받치고 있었고, 못 보
던 삽과 곡괭이가 화단 앞에 놓여 있었다.

내가 쇠파이프로 괴어져 있는 담을 살피고 있는데 아내가
밖으로 나왔다.

"이거, 하정 씨가 한 거야?"

"화단을 손질하려 했더니, 담이 무너질 것 같잖아. 깔리거나 다치면 어떡해. 철물점에 얘기해서 기둥을 사다가 받쳤어. 아저씨가 재료비만 받고 공짜로 작업해주기에 고마워서, 앞으로 필요할 것 같은 연장을 추가로 샀어."

"그래, 잘했어. 그러잖아도 내가 하려던 참이었는데…."

"자기가? 형광등 하나 못 갈아 끼우시는 분께서?"

아내가 입술을 삐죽 내밀어 보이며 농담을 했다.

"좀 전에 집 앞에서 궁합 보는 노인을 만났는데, 우리가 이 집에서 잘살 거래."

"그게 무슨 말이야?"

나는 아내에게 조금 전에 만난 노인에 관해 이야기했다. 순간 아내의 표정이 차갑게 굳었다. 아내가 대문을 열고 밖으로 나가 골목을 살폈다. 하지만 노인은 이미 사라지고 없었다.

"어떻게 생긴 노인인데?"

"그냥 평범한 칠십 후반쯤 되는 노인. 충청도 사투리를 쓰던데."

"아니, 누군 줄 알고 그런 사람하고 말을 섞어? 우리 집안에 대해서 세세히 얘기한 거야?"

"아, 아니…. 그냥, 하정 씨 나이하고 우리 은조 나이 묻기에 별것도 아니고 해서 대답했을 뿐이야."

"아이참! 그 사람이 도둑놈인지, 유괴범인지, 뭐 하는 사람인지도 모르면서 왜 그런 걸 알려줘. 예전에 이 동네에서 잠자던 아기 두 명이 감쪽같이 사라진 사건 몰라?"

"그런 사건이 있었어? 나쁜 사람으로 보이지는 않던데?"

"범죄자들이 얼굴에 범죄자라고 쓰고 다녀? 오히려 평범하고 착해 보이니까 사람들이 방심하다가 당하는 거야."

처음 방문한 치킨집에서 우리 가족이 저녁 대신 치킨을 먹고 있는데 지나가던 사십대 여자가 창을 통해 아내를 발견하고 안으로 들어왔다.

"호정이? 호정이 맞지? 어휴, 이게 얼마 만이야!"

"저는 동생, 하정이인데요."

여자가 못 믿겠다는 듯이 눈을 크게 뜨고 아내의 얼굴을 살폈다. 여자는 아내의 입가에 있는 검은 점을 잠시 쳐다보다 다시 활짝 웃었다.

"이런! 하정이구나! 너무 오랜만이라…. 나이 먹고 살찌니

예전 언니 모습하고 똑같네. 칠 년 만인가, 팔 년 만인가? 언니는 요즘 어떻게 지내?"

"잘 지내요, 부산에서."

"나는 언니가 다시 이사 왔나 했지. 아쉽네, 떠날 때 작별 인사도 못했는데. 언니 보면 안부 전해줘."

여자가 자리를 뜨고 나자 아내가 낮게 중얼거렸다.

"재수 없게!"

"누군데 그래?"

"예전에 언니랑 헬스 같이 다니던 사람."

"언니? 어떤 언니?"

"언니가 있었는데 죽었어. 예전에, 사고로."

나는 안됐다는 표정을 지었다. 아내는 부모 형제는 물론 가까운 친척조차 없었다.

"저 여자, 언니와 친하게 지냈던 거 같은데 언니가 죽은 사실도 모르는 거야?"

"그럴 사정이 있어. 언니가 빚이 많아서 잠적했다가 갑자기 죽었거든. 구질구질한 이야기 하기 싫어서 대충 둘러댄 거야."

나는 더 묻지 않았다. 아내는 가족 이야기가 나오면 늘 표정이 어두워졌다.

또 새벽 3시에 시계 종소리를 들으며 가위에 눌렸다. 같은 귀신이었다. 소변이 급한데 빼꼼히 열려 있는 화장실 문틈 사이로 불빛이 새어나왔다. 안에 아내가 있었다.

나는 거실 소파에 앉아 화장실에서 아내가 나오길 기다렸다. 하지만 몇 분이 지나도록 아내가 화장실에서 나오지 않았다. 게다가 화장실에서 어떤 소리도 나지 않았다.

화장실로 다가간 나는 빼꼼히 열린 문틈으로 안을 들여다봤다. 아내가 거울 앞에 서서 뭔가를 하고 있었다. 아내 앞에 검은 액체가 든 작은 접시가 놓여 있는 것이 얼핏 보였다. 화장이라도 하나? 아내가 손에 든 바늘로 입술을 찔러대는 것이 보였다. 놀란 나는 급히 인기척을 냈다.

"이 밤중에 뭐 하는 거야?"

아내가 돌아보는 순간 화장실 문이 쾅 닫혔다. 안에서 아내의 당황한 듯한 목소리가 흘러나왔다.

"점, 점이 마음에 안 들어서⋯."

아내가 입꼬리 옆의 점을 없애려고 바늘로 파내고 있었던 모양이었다.

"뭐? 복점이라더니 한밤중에 자다 말고 왜? 점을 빼려면 병원에 가야지. 덧나면 어쩌려고 그래?"

"아, 짜증나게 하지 말고 가서 자!"

아내의 신경질에 나는 마당으로 나가서 붉은 수국을 향해 성난 오줌줄기를 갈겨댔다. 그러면서 생각했다. 오늘이 며칠 이더라? 역시 15일의 새벽이었다.

내가 아내를 만난 것은 칠 년 전 늦여름 어느 날 새벽이었 다. 여자가 술에 취해 길에 쓰러져 있는 것을 발견한 나는 그 냥 둘 수 없어 파출소로 데려갔고, 여자가 정신 차릴 때까지 옆을 지켰다. 정신을 차린 여자는 주민등록증의 나이보다 좀 더 들어 보이기는 했으나 이목구비가 뚜렷한 미인이었다.

여자는 당시 '다비치'라는 필녕으로 로맨스 소설을 쓰는 작 가였다. 전자책 쪽에서는 이름이 꽤 알려져 있었다. 나도 추 리소설을 쓰는 소설가인지라 대화가 잘 통하는 편이었다. 우 리는 만난 지 채 일 년도 안 돼 결혼했다. 아내는 결혼에 회의 적인 것 같았지만, 나는 아내를 놓치고 싶지 않았다.

하지만 우리의 결혼 생활은 낭만적일 거라는 내 예상과 달 랐다.

습관적으로 술을 마시는 아내는 결혼 전에 내가 알고 있던 것보다 훨씬 주사가 심했다. 또 조울증이 있어 약을 먹고 있었다. 아내는 매월 15일 전후로는 성난 헐크가 되었다. 결혼 초, 아내가 별것도 아닌 일로 크게 화를 내고 자신의 분을 이기지 못해 온 집안의 물건들을 닥치는 대로 집어던질 때면 나는 아내의 인성이 원래 그런 사람인가보다 했다. 그런데 곧 주기가 있음을 깨달았다. 하지만 생리증후군은 아니었다. 다른 주기였다.

다행히 아내는 임신을 하자 술을 끊었고, 아이를 낳고는 조울증과 헐크증후군도 거의 사라졌다. 아이에 대한 사랑 때문에 몸의 호르몬이 바뀐 것 같았다.

그런데 이 집으로 이사 오고 나서 아내는 다시 예전으로 되돌아가려는 듯한 조짐이 보였다.

집터가 안 좋은가?

아내는 한 시간쯤 지나서 화장실에서 나왔다. 입꼬리 옆에 동그란 습윤밴드를 붙이고 있었다.

오랜만의 서울 나들이였다. 소설을 출간하기로 한 출판사 사람들과 저녁 약속이 있어서 부랴부랴 집을 나서는데 집 앞의 대로변에 못 보던 커다란 현수막이 걸려 있었다.

월영시 4구역 사업 시행인가를 축하드립니다.

신속한 사업추진을 기원합니다. —GX건설 임직원 일동

나는 다시 집으로 뛰어 들어갔다.

"하정 씨! 하정 씨!"

"왜 그래?"

입가에 습윤밴드를 붙인 아내가 화장실에서 얼굴을 내밀었다.

"드디어, 재개발 사업 시행인가가 통과됐나봐. 저기 커다란 플래카드가 붙어 있어."

"정말?"

아내가 못 믿겠다는 듯이 슬리퍼를 신고 밖으로 뛰어나갔다. 나는 은조를 안은 채 아내를 뒤따랐다.

아내가 현수막 밑에 서서 한참 동안 현수막을 올려다봤다.

"우리 곧 새 아파트로 이사 갈 수 있는 거지?"

아내는 아무런 대꾸도 하지 않고 얼굴을 찡그리고 있었다.

괴이한 미스터리

"왜 그래?"

"두통이 좀 있어서."

"우리 축하파티해야지. 들어올 때 맥주하고 치킨 사 올게. 은조야, 우리 저녁에 파티하자."

"1차만 하고 빨리 와야 해."

하지만 술을 좋아하는 나는 출판사 관계자들과 2차, 3차를 갔고 새벽 2시쯤 맥주를 사 들고 집 앞에 도착했다. 열쇠로 대문을 열려고 했지만 열리지 않았다. 안에서 빗장이 걸려 있었다.

초인종을 눌러댔다. 계속 대답이 없었다.

아내의 휴대전화로 전화를 걸었다. 역시 받지 않았다.

"하정 씨, 문 좀 열어!"

까치발을 하고 불이 켜져 있는 집안을 향해 고래고래 소리쳤다. 철대문을 쾅쾅 두드려댔지만 아내는 어떤 반응도 하지 않았다.

도가 지나치다 싶어 화가 나다가 슬슬 불안한 마음이 생겼다.

'혹시 무슨 일 있는 건 아니겠지?'

대문을 넘어가려고 하는데 현관문이 열리는 소리가 났다.

"야, 이 개새끼야! 지금 몇 신데 누가 반긴다고 집구석에 기어들어와?"

기습적으로 날아온 아내의 날카로운 목소리에 나는 머릿속이 하얗게 변했다. 오랜만에 또 전쟁이 시작된 것이다. 그제야 나는 오늘이 15일이라는 걸 깨달았다.

"씨팔! 돈도 못 버는 새끼가 어디서 굴러먹다가 이제 들어오는 거야! 엉?"

대문이 열렸다. 나는 바짝 긴장한 채 일부러 헤헤거리며 안으로 들어섰다.

"미안! 많이 기다렸지? 오늘 무지 즐거운 날이잖아. 재개발 시행인가도 났고, 책도 계약했고. 출판사 사람들이 앞으로도 계속 같이 책 내자며 싫다는데도 막 술을 사주는데 어떻게 마다해…. 헤헤, 여기 술 사 왔어. 하징 씨가 좋아하는 비싼 금징어하고. 들어가서 한잔 더 하자. 헤헤."

나는 아내에게 비굴한 웃음을 흘리며 술병이 든 봉지를 내보였다. 순간 아내가 술병 봉지를 낚아채서 해머던지기를 하듯 휘둘러 다 쓰러져가는 시멘트 담벼락에 내동댕이쳤다. 퍽!

나는 화가 치솟아 올랐으나 꾹 참았다.

"어휴, 아까운 술! 하징 씨도 이미 한잔했구나, 그치? 들어가서 이야기하자."

나는 아내의 손목을 잡아 집안으로 끌고 들어갔다.

"놔, 놔! 이 개새끼야! 이 더러운 손 치워!"

아내가 몸부림치며 손톱으로 내 팔을 할퀴었다.

"에이, 조용히 좀 해. 누가 보면 내가 바람이라도 피우다 들어온 줄 알겠네."

집안으로 들어서니 은조는 현관에 서서 울고 있었고, 예상 대로 거실에는 맥주병과 소주병이 널려 있었다.

겁먹은 은조를 안고 있는 나에게 아내는 갖은 욕을 해댔고 심지어 술병까지 집어던졌다. 내가 머리를 숙여 겨우 피하자 그대로 날아간 병이 현관 유리창을 깼다. 아내는 그 이후로 도 횡설수설하며 한참 동안 혼자서 악을 쓰다가 제풀에 지쳐 서 잠들었다. 나는 이성을 잃은 아내를 볼 때면 아내가 정신 병, 또는 사이코패스 기질이 있는 건 아닌가 하는 생각이 들 곤 했다.

"으으, 하정아 미안해, 으으으…."

이건 또 뭐야? 아내가 자기 이름을 불러가며 잠꼬대를 하 고 있었다. 악몽이라도 꾸는 건가?

은조가 색연필로 그림 그리는 것을 지켜보던 나는 깜짝 놀랐다. 단순하고 조잡한 그림이었지만 나는 그 그림이 무엇인지 단번에 알아봤다. 긴 머리를 한 여자가 거꾸로 그려져 있었다. 반복되는 내 악몽 속의 여자 귀신과 닮아 있었다.

"이게 누구야?"

"아쭘마."

"아쭘마 누구?"

"밤에 아쭘마."

나는 온몸에 소름이 돋았지만 침착하려고 노력했다.

"왜 사람을 거꾸로 그렸어?"

"꺼꾸로 다녀."

그러면서 은조가 작은 손가락으로 천장을 가리켰다.

뭔가 막연한 불안감이 치밀어 오르며 온몸에 소름이 돋는 것 같았다.

"아빠, 가려워."

은조가 손을 등뒤로 뻗어 엄지로 등을 긁었다.

"어디가?"

나는 은조의 상의를 위로 끌어올렸다.

"어, 뭐야?"

은조의 등과 배가 온통 울긋불긋했다.

"하정 씨, 애 왜 이래?"

부엌에 있던 아내가 달려와 은조의 피부를 살폈다.

"아토핀가?"

"아토피는 건조한 겨울에 생기는 거 아냐?"

"아냐. 여름에 습도가 높아도 생겨."

"없던 아토피가 왜…? 이 집이 새집도 아닌데?"

말을 하며 거실 벽과 천장을 살펴보는 내 눈에 뭔가 평범하지 않은 게 들어왔다. 천장과 벽이 만나는 부분에 검은 얼룩이 있었다. 좀 전에 은조가 손가락으로 가리켰던 곳이었다.

나는 식탁 의자를 가져다놓고 올라가서 벽지의 검은 부분을 살폈다. 습기 때문인지 벽지의 이음매 부분이 넓게 벌어져 있는데 안이 온통 새까맸다.

손톱으로 벌어진 벽지 한쪽을 잡고 살짝 잡아당기니 습기 먹은 벽지가 썩은 바나나 껍질처럼 쭉 벗겨지며 새까만 곰팡이로 가득한 벽이 드러났다. 곰팡내가 진동했다.

"아이구, 벽이 온통 썩었어! 이러니 애한테 아토피가 안 생기겠어? 집안에서 풍기는 이상한 냄새가 바로 이 냄새였나 봐. 우리 은조, 폐병 걸리겠다."

집을 수리하는 동안 우리 가족은 여관에서 생활하기로 했다.

"하는 김에 수도관하고 온수관도 교체할까?"

여행용 가방에 은조 장난감들을 챙겨 넣다가 옷을 챙기고 있는 아내에게 물었다.

"왜?"

"며칠 전에 수도꼭지에서 머리카락 나온 이야기 했잖아."

며칠 전, 은조를 욕조 물속에 앉혀놓고 잠깐 화장실 밖에 나갔다 돌아오니 은조의 손에 검은 머리카락이 한 움큼 쥐여 있었다.

"이거 뭐야? 아이 찌찌!"

은조가 손가락으로 욕조 수도꼭지를 가리켰다.

"저기 찌찌."

수도꼭지를 살펴보니 검은 머리카락 몇 올이 밖으로 삐져 나와 있었다. 머리카락을 잡고 당겨보았다. 수도꼭지 안 어딘가에 걸려 있는지 좀처럼 끄집어낼 수가 없었다. 수돗물을 조금 틀고 잡아당겼다. 막힌 하수구에서 머리카락 꺼낼 때처럼 긴 머리카락 뭉텅이가 줄줄 끌려 나왔다.

"에이! 어떻게 수도관 속으로 사람 머리카락이 들어가? 은조가 욕실 바닥에 뭉쳐 있는 내 머리카락을 집어서 수도꼭지 속으로 밀어넣은 거겠지. 은조, 구멍만 보면 무엇이든 가져다 밀어넣으려고 애쓰는 어린애잖아."

"그래도 뭔가 찜찜해."

"아냐. 이번에는 그냥 벽지와 옥상 방수 처리만 하고 끝내. 곧 헐릴 집인데 돈 많이 들이는 것도 아깝고. 또 언제까지 얘하고 여관에서 지낼 거야? 새집으로 이사 갈 때까지만 꾹 참고 살자고."

"알았어…."

"아, 그리고, 작업할 때 화단 망가지지 않게 조심하라고 인부들에게 단단히 일러둬. 이 집의 유일한 장점이 저 화단인데 저것마저 망가져봐."

"혹시 재개발 전에 이사 갈 생각 있는 거야?"

"그런 건 아닌데, 사람 일이란 모르는 거잖아. 갑자기 집 팔고 이사 갈 일이 생길지 어찌 알아."

집 근처의 여관을 잡아 아내와 은조를 머무르게 하고 나 혼자 집으로 돌아왔다.

돈을 아낄 요량으로, 내가 할 수 있는 일은 스스로 하기로 했다. 인부 한 명을 고용해 둘이서 살림살이를 작은 방으로 옮겨 쌓아두었다. 다른 방들을 먼저 도배한 뒤 그 방은 나중에 나 혼자 도배할 생각이었다.

벽지를 뜯어내니 온 집안의 벽과 천장이 검은 곰팡이로 뒤덮여 있었다.

"어휴, 연탄창고네."

한숨이 절로 나왔다. 마스크를 쓰고 비로 벽을 쓸어내고 물걸레로 닦아댔다. 닦아도 닦아도 검은 곰팡이가 걸레에 끝없이 묻어났다. 곰팡이 청소가 끝난 뒤 누수를 잡기 위해, 옥상 청소를 하고 방수 페인트를 사다가 칠했다. 며칠 뒤 페인트가 마르면 한 번 더 칠해야 했다.

벽지를 뜯어낸 벽이 마르고 페인트가 건조되는 며칠 동안은 달리 할 일이 없었다. 통풍이 잘되도록 온 집안의 창문을 활짝 열어놓고 기다리면 되었다.

운이 없게도 다음날 밤, 비가 내렸다.

"우리집 괜찮을까?"

아내의 한마디에 나는 새벽 2시 30분쯤 여관을 나섰다.

우리집 앞의 좁은 골목에는 가로등조차 없었다. 우산을 눌러쓰고 철대문으로 다가가 휴대전화기의 손전등을 비추며 열쇠를 꺼내 대문을 열었다.

"어?"

우리집 거실과 안방에 불이 켜져 있었다. 또 활짝 열려 있어야 할 집안의 모든 창문이 닫혀 있었고 커튼까지 쳐져 있었다.

불이야 저녁때 내가 집을 둘러보고 나서 끄는 것을 잊었을 수 있지만, 창문이 모두 닫혀 있고 커튼이 쳐져 있는 것은 극히 이상한 일이었다. 분명 저녁때까지는 온 집안의 창문이 활짝 열려 있었다. 귀신 꿈을 꿀 때처럼 온몸이 오싹해졌다.

'혹시 내가 잘 때 아내가 왔다 갔나?'

휴대전화의 손전등을 끄고 현관문을 향해 조심스럽게 발걸음을 옮겼다. 대문을 통과하느라 접었던 우산을 반쯤 펼쳐 쓴 채 꽃밭 사이를 조심스럽게 걸어가는데 발에 뭔가가 차였다. 삽이었다. 집어 들었다. 곡괭이도 같이 있었는데 곡괭이는 아내가 치웠는지 보이지 않았다.

삽자루를 움켜쥔 채 현관 앞에 서서 집안을 향해 귀를 기울였다. 거세게 쏟아지는 빗소리뿐, 어떤 소리도 들려오지 않았다.

우산을 한쪽에 세워두고 현관문을 조심스럽게 잡아당겼다. 단단히 잠겨 있었다. 조금 안심이 되었다.

열쇠를 꽂아 돌려서 현관문을 조금 열고 문틈으로 안을 살폈다. 고요했다. 문을 천천히 열며 안을 살폈다. 벽지를 모두 뜯어놓은, 가구 하나 없는 집안 몰골이 폐가처럼 험악했다. 역시 어떤 인기척도 없었다.

문을 활짝 열고 안으로 들어섰다. 일부러 큰소리를 냈다.

"무슨 놈의 비가 이리 거세게 내리는 거야, 젠장!"

나는 들고 있던 삽을 더욱 단단히 움켜쥐며 신발을 벗은 뒤 거실로 들어섰다.

텅 빈 거실을 한번 둘러보고 나서 불이 켜진 안방 문을 열었다.

헉! 안방 바닥에 큰 구멍이 뚫려 있었다. 그 구멍이 내 눈에 들어오는 순간 뭔가가 내 머리를 스치고 지나갔다.

쿵!

삽을 치켜들며 옆을 돌아보니 노인이 벽을 찍은 곡괭이를 다시 치켜들고 있었다. 전에 우리집 앞에서 우리 가족들에 관해 물었던 그 노인이었다.

"뭐, 뭐야?"

나는 뒤로 주춤 물러나며 곡괭이를 치켜든 노인을 향해 삽을 겨눴다.

노인이 곡괭이를 치켜든 채 일정한 거리를 유지하며 뒷걸음치는 나를 따라 거실로 나왔다.

"내 아들을 죽인 원수! 내 아들 어딨어?"

"도대체 무슨 말이야?"

"이 집으로 다시 돌아오다니, 뻔뻔하기도 하지. 너하고 그년하고 공모해서 내 아들 죽였잖여! 너희들이 다시 돌아온 걸 보면 분명 내 아들은 이 집 어딘가에 있어! 어딨냐구?"

"무슨 뜬금없는 헛소리야? 미쳤어?"

나는 노인이 미쳤다고 생각했다. 어쩌면 중증 치매 환자일 수도 있었다. 상대가 나보다 힘이 약하고 병든 노인이라는 판단이 서자 마음에 여유가 생겼다.

"자자, 진정하시고 말로 합시다!"

나는 겨누고 있던 삽을 내리며 노인을 달래려고 했다. 그 순간 내게서 빈틈을 찾은 노인이 다시 곡괭이를 크게 휘둘렀다. 나는 상체를 재빨리 뒤로 젖혔다. 곡괭이 날은 피했지만, 곡괭이 자루 끝이 내 가슴을 세게 쳤다. 숨이 턱 막힐 정도로 큰 충격이었다. 벽에 등을 기대며 가슴을 움켜쥐는 나를 향해 다시 노인이 곡괭이를 휘둘렀다. 공사현장에서 잔뼈라도 굵었는지, 노인답지 않은 재빠른 공격이었다. 나는 얼굴로 날아오는 곡괭이를 방어하기 위해 왼팔을 들어 얼굴을 가리며 오른손에 쥔 삽을 휘둘렀다. 하지만 늦었다. 곡괭이 날이 내 팔과 귀를 스치며 벽에 쿵하고 박혔다. 본능적으로 눈을 질끈 감았다 뜨니 손에서 곡괭이를 놓친 노인이 뒤로 주저앉는 것이 보였다. 노인은 몇 발짝 뒷걸음치다가 엉덩방아를 찧고 그대로 털썩 쓰러졌다. 그리고 어떤 미동도 없이 손과 다리만 부들부들 떨었다. 노인의 목에서 붉은 피가 분수처럼 뿜어져 나왔다.

"어? 어?"

의도하지 않은 상황이었다. 내 얼굴로 날아드는 곡괭이를 쳐내려고 내가 세게 휘두른 삽의 날이 노인의 목을 가격한 것이었다.

나는 화장실로 뛰어가 수건을 가져다 피가 줄줄 흐르는 노인의 목에 감고 손으로 눌렀다. 하지만 소용없었다. 삽날이 경동맥을 자르고 목뼈까지 부러트린 것 같았다.

나는 정체 모를 노인의 시체를 앞에 두고 서서 휴대전화를 만지작거렸다. 112든, 119든 전화를 걸어 신고해야 한다고 생각했으나 머리가 복잡했다.

어쨌든, 살인이었다. 한국에서는 정당방위가 인정되는 경우가 매우 드물다. 도둑질하러 들어온 사람을 때려죽여도 유죄다. 나도 정당방위가 분명했지만, 재수 좋아야 집행유예이고 재수 없으면 몇 년 징역형을 살아야 할 것이다.

아내의 찡그린 얼굴과 은조의 웃는 얼굴이 떠올랐다.

"미친 늙은이! 죽으려면 곱게 죽지 남의 집에 몰래 들어와서 남의 인생까지 망쳐!"

두려움 속에서 화가 치밀어 올랐다. 시간을 몇 분 전으로 되돌릴 수만 있다면…. 이 시체가 내 눈앞에서 감쪽같이 사라져서, 내가 몇 분 전의 평범한 일상으로 돌아갈 수 있다면 얼마나 좋을까.

생각해보니, 시체만 없애면 내 삶이 다시 평범한 일상으로 되돌아갈 수 있을 것 같기도 했다. 한밤중에 도둑놈처럼 남의 집에 몰래 침입한 사람이 그 사실을 남들에게 떠벌리지는 않았을 것이다.

노인의 주머니를 뒤졌다. 지갑과 휴대전화가 들어 있었다. 신분을 확인하기 위해 지갑을 펼쳐서 주민등록증을 꺼내 살폈다. 그 사람이었다. 부천에 사는 이 집의 예전 주인 박달수.

"어?"

주민등록증 밑에 빛바랜 사진 한 장이 꽂혀 있었다. 사진을 빼서 자세히 들여다보지 않을 수 없었다. 삼십대 남자와 여자가 정장을 입고 찍은 사진이었는데, 여자가 눈에 익었다. 아내와 닮아도 너무 닮았다. 다만 아내보다 어려 보였고, 조금 더 뚱뚱했고, 입가에 점이 없었다.

'아내의 언니…? 이런!'

그 사진 한 장으로 모든 것을 짐작할 수 있었다. 사진 속의 부부는 노인의 아들 부부이고, 노인의 며느리가 아내의 언니인 '최호정'인 것 같았다.

노인이 죽기 전에 했던 말이 떠올랐다. 노인은 며느리가 아들을 죽인 뒤 시체를 이 집 어딘가에 감추고 달아났다고 생각하는 것 같았다. 노인은 언니와 닮은 아내를 오랜만에 모습을 드러낸 며느리로 착각했고, 또 나와 아내가 공모해서 자기 아들을 죽였다고 생각했던 모양이었다.

'그런데 도대체 왜 아내는 언니가 살던 이 집으로 이사 온 거지?'

아내가 이 집을 사서 이사 온 것은 결코 우연이 아니었다. 분명 어떤 의도가 있었다. 하지만 오래 생각할 여유가 없었다.

나는 노인이 입고 있던 바지와 피 묻은 상의를 벗겨 들고 화장실로 들어가 비누와 물로 대충 빨았다.

물에 젖은 옷을 입어보니 좀 작았지만 못 입을 정도는 아니었다.

노인의 휴대전화와 지갑, 내 신발과 새 옷을 챙겨 비닐에 싸서 들고 노인의 옷과 신발을 신은 채 집을 나섰다. 우산으로 얼굴을 가린 채 CCTV를 피해 동네를 빠져나가 외지고 어두운 길을 오래도록 걸었다.

드디어 바다가 나타났다. 나는 우산을 눌러쓴 채 바닷가 CCTV 앞을 노인처럼 걸어서 지나갔다.

노인의 휴대전화와 지갑, 신발의 지문을 닦은 뒤 바닷가 절벽 위에 가지런히 내려놓았다.

CCTV가 없는 어두운 나무 밑에서 노인의 젖은 옷을 벗고 젖지 않은 내 새 옷으로 갈아입었다. 노인의 옷은 바다에 버렸다.

나는 다시 우산으로 얼굴을 가리고 CCTV를 피해가며 한참을 걸어서 집으로 돌아왔다. 그러곤 거실의 피투성이 시체 옆에 떨어져 있는 삽과 곡괭이를 집어 들고 마당으로 나갔다. 서둘러야 했다.

노인에게 가족이 있다면 빠르면 오늘밤, 늦어도 내일쯤에는 경찰에 실종신고가 접수될 것이다. 노인의 휴대전화가 바닷가에서 발견되면 경찰이 노인의 동선을 추적할 것이다. 어쩌면 경찰이 우리집까지 추적해 올 수도 있었다.

시체를 밖으로 옮겨 영원히 발견되지 않을 어딘가에 묻을 수 있다면 좋겠지만 날이 밝아오는 지금은 불가능했다. 지금 상황으로선 경찰이 우리집을 수색하더라도 찾지 못할 어딘가에 임시로 감춰둘 수밖에 없었다. 사건이 잠잠해지면 시체를 옮겨 영원히 발견되지 않게 처리해야 했다. 재개발 공사가 시작되기 전에.

집안의 혈흔 걱정은 안 해도 될 것 같았다. 오늘 중으로 벽지를 새로 바르고 장판을 새로 하면 모든 혈흔이 완전히 감춰질 것이다. 설령 과학수사 기술이 좋아서 어딘가에서 혈흔이 좀 발견된다고 해도 시체가 없으면 살인사건으로 인정되는 경우는 극히 드물었다. 시체만 없다면.

시체를 감출 만한 곳을 찾기 위해 집안을 둘러보았다. 시체를 임시로 묻었다가 아내 몰래 꺼낼 수 있는 곳은 화단밖에 없었다. 아내가 이 집의 유일한 장점인 수국을 건드리지 말라고 했지만 어쩔 수 없었다.

쇠파이프가 견고하게 받치고 있는 담 아래의 붉은 수국들을 삽으로 캐서 한쪽으로 치웠다. 구덩이를 파기 시작했다. 흙이 고운 편이어서 삽날이 잘 파고들었다. 점점 구덩이가 깊어졌다.

날이 훤하게 밝았을 때 충분한 깊이의 구덩이가 파였다. 거실로 시체를 가지러 가려 하는데 불쑥 불안감이 몰려왔다. '만약 며칠 내로 형사들이 우리집으로 몰려와 시체를 찾기 위해 집안 곳곳을 수색한다면? 예전에 이 집에 살던 사람들이 실종되었을 때처럼 형사들이 긴 꼬챙이로 땅속을 찔러대고 여기저기 파헤쳐댄다면?'

나는 최악의 상황을 걱정하지 않을 수 없었다. 형사들이 작심하고 덤빈다면 시체가 발견되는 건 시간문제였다. 시체를 제아무리 잘 감춰도 못 찾아낼 리 없었다.

이 집이 아닌 밖에 묻어야 했다. 하지만 지금은 시체를 밖으로 내갈 수 없는 상황이었다.

'아, 그렇지!'

좋은 아이디어가 떠올랐다. 담 밑으로 구멍을 파서 옆집 시멘트 마당 속에 시체를 묻으면 될 것 같았다. 형사들이 시체를 찾기 위해 제아무리 눈에 불을 켜고 덤빈다고 해도 사

건과 상관없는 옆집의 오래된 콘크리트를 깨고 그 밑을 뒤질
리는 없었다. 또 콘크리트 아래쪽은 구멍을 파다가 무너지거
나 땅이 꺼질 염려도 없었다.

나는 이미 파놓은 구덩이의 옆쪽을 파기 시작했다. 땅이
물러서 삽질이나 곡괭이질을 할 때 거의 소리가 나지 않아
다행이었다.

담장 경계선을 지나 옆집 시멘트 마당 밑을 파고 있는 삽
날에 흙이 아닌 검은 비닐이 찍혔다. 쓰레기 같았다. 검은 비
닐 주변의 흙을 몇 삽 떠내고 나서 허리를 구덩이 속으로 숙
여 비닐을 두 손으로 꼭 잡고 잡아당겼다. 작업에 방해가 되
는 비닐 쓰레기를 끌어낼 생각이었는데 조금 끌려 나오던 비
닐이 쭉 찢어졌다. 어떤 화학약품 냄새와 악취가 진동하며
뭔가 시커먼 것이 드러났다. 자세히 보기 위해 휴대전화 손
전등을 켜고 손으로 흙을 긁어냈다. 헉! 머리! 사람의 잘린
머리였다. 그것도 하나가 아니라 두 개였다.

"허억!"

나는 놀라서 뒤로 주춤 물러섰다.

두 구의 토막 사체를 발견하는 순간 백만 가지 생각이 뇌
리를 스쳤다.

며느리가 아들을 살해했을 것이라는 노인의 생각과 달리, 노인의 아들과 며느리 둘 다 살해된 뒤 토막 나서 암매장되었다. 도대체 누가 이런 짓을? 혹시….

하지만 역시 오래 생각할 시간이 없었다. 날이 밝아오고 있었다. 삽을 옆으로 옮겨 두 구의 토막 사체 옆에 다시 구덩이를 팠다. 곧 노인 시체를 밀어넣을 만큼의 공간이 생겼다.

나는 죽은 노인의 팔과 다리를 끈으로 묶고 허리를 접어 부피를 줄여서 구덩이 안에 억지로 밀어넣고 빈틈을 흙으로 꼼꼼히 채우기 시작했다. 흙을 몇 삽 퍼넣고 발로 밟아 땅을 다지는 작업을 반복하여 구덩이를 메웠다.

구덩이를 흙으로 다 메우고 난 나는 치워놓았던 수국을 구덩이 위에 다시 심고 화단 전체에 골고루 물을 뿌렸다.

다행히, 며칠이 지나도록 경찰은 코빼기도 보이지 않았다. 이제 아내에게 말을 꺼낼 때가 된 것이다.

"우리 이사 가자!"

"뭐?"

나의 단도직입적인 말에 아내가 무슨 말이냐는 듯이 쳐다봤다.

"우리 이사 가자고. 난 이 집이 너무 싫어."

"자기 더위 먹었어? 도배와 장판까지 새로 싹 해놓고 왜 갑자기…?"

"사실은… 나, 사람을 죽였어."

"뭐? 사람을 죽여?"

아내는 믿을 수 없다는 표정이었다.

"농, 농담이지?"

"사실이야."

나는 아내의 눈을 뚫어지게 쳐다보다가 시선을 피하며 다시 입을 열었다.

"며칠 전 공사하느라 집이 비었을 때 전의 그 노인, 부천에 사는 박달수라는 사람이 우리집에 침입해 온 집안을 뒤졌고, 담 밑을 파헤쳐 옆집 마당에 묻혀 있던 시체 두 구를 찾아냈어. 그래서 죽일 수밖에 없었어. 저기, 시체에서 흘러나온 알칼리성 약품 때문에 붉게 변한 수국 아래쪽 옆집 마당에 이제는 시체가 두 구가 아니라 세 구가 묻혀 있어."

아내가 들고 있던 찻잔을 거실 바닥에 떨어트렸다. 하지만 아내는 걸레를 가지러 가지 않았다. 대신 내가 걸레를 가져다 바닥을 닦았다.

아내가 갑자기 훌쩍이기 시작했다.

"으흐흐흑… 미, 미안해. 난 우리 가족을 지키고 싶었어. 우리 은조를 지키고 싶었어. 그래서 돌아온 거야. 흐흐흑…."

아내는 한동안 훌쩍이고 나서 떨리는 목소리로 말을 이었다.

"그때, 나는 형부와 동거 중인 언니 집에 얹혀살았어. 그런데 형부는 술만 마시면 사람이 아니었어. 저기 우리집 문짝, 형부가 다 때려 부순 거야. 급기야 어느 날 술에 취한 형부가 나에게 덤벼들었어. 그걸 집에 돌아온 언니가 봤고, 네가 인간이냐고 욕을 해대는 언니의 머리를 형부가 돌로 된 상패로 때렸어. 나는 언니를 구하기 위해 부엌칼로 형부를 찌를 수밖에 없었어. 결국, 두 명 다 죽고 말았어. 흐흐흑."

충격적인 이야기였다. 하지만 내가 예상했던 것 이상의 충격은 아니었다. 거실에 아무렇게나 널브러져 있는 두 구의 처참한 시체. 아내는 이 집에서 그대로 도망가고 싶었다. 하지만 갈 데가 없었다. 아내는 두 구의 시체를 끌어다 욕조에 밀어넣고 화장실 문을 잠근 뒤 일주일을 지냈다. 시체가 썩기 시작하자 냄새가 심했다. 벌레도 꼬였다. 시체를 다시 보는 것이 끔찍했지만, 세탁기 옆에 있던 커다란 표백제통을 가져다 두 구의 시체에 뿌렸다. 알칼리성 용액이었다. 그것이 마당의 일부 수국꽃을 붉게 물들인 원인이었다.

하지만 표백제도 별 효과가 없었다.

생각 끝에 시체를 땅속에 묻기로 했다. 화단을 파기 시작했다. 며칠 노력 끝에 담 밑으로 구멍을 파서 옆집 시멘트 마당 밑에 시체를 넣을 공간을 만들었다. 하지만 시체가 무거워서 옮길 수가 없었다. 잘라서 옮겨야 했다.

두 구의 시체를 옆집 마당 밑에 묻은 다음날 형부의 아버지로부터 전화가 걸려왔다. 아들과 며느리가 계속 전화를 받지 않는데 소식을 아느냐는 것이었다. 아내는 얼마 전에 형부네 집에서 독립해 나와 아무것도 모른다고 딱 잡아뗐었다.

형부의 아버지가 언제 집으로 들이닥칠지 몰랐다. 대충 짐을 싸서 도망쳤다.

"흐흑! 될 대로 돼라… 경찰에 잡혀도 그만… 병들어 죽어도 그만…. 늘 술에 취해 살았어. 그렇게 내일 죽을 것처럼 자포자기하며 살다가 어느 날 자기를 만난 거야. 사실, 결혼도 자기가 하자고 하니 될 대로 돼라는 심정으로 했어…."

그랬던 것 같았다. 아내의 그 당시 삶은 나도 이미 잘 알고 있었다.

"그러다 우리 은조를 낳았어. 그러자 삶에 강한 애착이 생기기 시작했어. 나는 어떻게 되어도 상관없지만, 우리 은조만큼은…. 은조를 지키고 싶었어. 그래서 이 동네 재개발 소식을 듣자마자 마음이 너무 불안해서 돌아온 거야. 시체가 발견되지 않게 하는 것이 결국은 우리 가족을 지키고 은조를 지키는 거잖아. 우리 은조가 불행해지는 것보다는 차라리 내가 시체와 함께 살며 불행한 게 낫잖아. 그래서 돌아온 거야. 시체들 옆에서 시체들을 지키다가 재개발 공사가 시작되기 전에 자기 몰래 파내 옮기려 했어…."

아내는 남들의 이목을 피할 겸 해서 시체가 묻혀 있는 옆집을 사려 했는데 팔지 않아 어쩔 수 없이 이 집을 산 것 같았다. 공인중개사가 말했던, 전화를 걸어 옆집을 비싼 값에 사겠다고 했던 사람이 바로 아내였을 것이다.

나는, 자다가 깨서 엄마 따라 울상을 짓는 세 살배기 아들을 품에 꼭 앉은 채, 하염없이 눈물을 흘리는 아내 옆에 오래도록 묵묵히 앉아 있었다. 내 눈에서도 눈물이 흘렀다.

"어휴, 무겁다. 조심들 해!"

이삿짐센터 직원들이 세 개의 커다란 플라스틱 된장통을 힘겹게 트럭에서 내렸다.

"이 묵은지가 든 통들은 어디로 옮길까요?"

"이쪽입니다."

나는 커다란 된장통을 든 인부들을 새집의 뒷마당으로 안내했다. 뒷마당 구석에는 이미 세 개의 깊은 구덩이가 파여 있었다.

"여기에 넣어주세요. 묵은지는 깊은 땅속에서 한 이 년은 묵어야 제맛이 나죠. 누가 훔쳐 갈 수도 있으니 부엌 뒷문 앞에 묻어두고 잘 지키다가, 전세 기간 끝나서 다음에 이사 갈 때 파내면 딱이겠군요."

"오랫동안 땅속에서 자연 숙성된 묵은지로 김치찌개 끓이면 진짜 맛있겠어요."

인부들이 내 어설픈 농담에 박자를 맞추며 세 개의 통을 조심스럽게 구덩이 속에 밀어넣었다.

우리집을 산 사람에게 넘겨줄 인감증명서를 떼러 동사무

괴이한 미스터리

소에 간 아내에게서 전화가 걸려왔다. 지문인식기가 계속 오류 난다며 내게 와달라는 것이었다.

나는 아내를 만나 함께 인감증명서 발급 창구로 갔다.

"어? 그사이 직원이 바뀌었네요?"

"식사시간이어서 교대했습니다. 무엇을 도와드릴까요?"

"오늘 꼭 인감증명서를 떼야 하는데 제가 지문인식이 안 돼서요. 아까 그 직원이 신분확인이 가능한 가족을 데려오라고 했거든요."

"아, 그래요. 신분증 주시죠."

아내가 주민등록증을 내밀었다.

아내의 주민등록증을 받아든 직원이 주민등록증 사진과 아내의 얼굴을 대조했다.

"최하정 님, 맞죠?"

"예."

직원은 사진이 이상하다는 듯이 꽤 오래 아내와 사진을 비교했다.

"저 맞아요. 말랐을 때 찍은 거고, 오래전에 찍은 사진이라…."

"오른손 엄지손가락을 지문인식기에 대보시죠."

"아까 여러 번 했는데 열 손가락 다 안 되더라고요. 주부습진 때문인지….."

"다한증인 경우에도 그럴 수 있고, 여러 가지 이유로 그런 분들이 꽤 있습니다."

아내가 지문인식기에 엄지를 가져다 댔다. 불일치였다.

"역시, 다른 방법으로 본인 확인을 해야겠군요. 인감증명은 함부로 떼어줄 수 없는 중요한 서류라서 좀 까다롭습니다. 가족관계증명서 좀 열람하겠습니다."

동사무소 직원이 키보드를 두드렸다.

"남편분 이름이…?"

"황세환입니다."

"신분증 좀 주시죠."

나는 지갑에서 주민등록증을 꺼내 내밀었다.

"지문인식기에 오른손 엄지손가락을 대주세요."

내가 엄지를 대자마자 곧바로 인증이 되었다.

"확인되었습니다. 이분이 아내 최하정 님 확실하시죠?"

"예, 맞습니다. 제가 아내도 몰라보겠습니까. 하하하."

직원이 아내의 인감증명서를 출력해 두 개의 신분증과 함께 건네려다가 뭔가 마음에 걸리는 것이 있는지 다시 아내의 사진을 들여다봤다.

"사진에는 점이 있으신데…. 저, 최하정 님, 죄송합니다만, 입술 옆의 그 밴드 좀 잠깐 떼주시겠어요?"

동사무소 직원은 아내가 점이 있어야 할 입술 옆에 밴드를 붙이고 있는 것이 이상하다고 생각한 것 같았다. 아내는 보름 전쯤 밤에 입술 옆에 있는 점을 바늘로 파낸 뒤 흉터가 남지 않게 하려고 줄곧 습윤밴드를 붙이고 지내왔다.

나는 살짝 긴장되었다. 밴드를 떼면 아내의 얼굴에 희미하게 있던 점이 완전히 사라졌을 텐데, 트집 잡히는 것이 아닌가 싶었다.

"이거 한 번 떼면 다시 잘 안 붙는데…."

아내가 빨간 매니큐어가 칠해진 손톱으로 입술 주위를 더듬어 밴드를 잡고 조심스럽게 떼어냈다.

헉! 순간 나는 가슴에 총이라도 맞은 것처럼 숨이 탁 막혔다. 아내의 입술 끝에 있는 점이 완전히 사라지거나 더 희미해진 것이 아니라, 더 크고 선명한 점으로 변해 있었다. 아내는 그날 밤 화장실에서 바늘로 점을 뺀 게 아니라 점을 만들고 있었던 것이다.

아내의 입술 끝에 있는 커다란 점을 본 직원이 인상을 찡

115
흉가

그린 나와는 반대로 환하게 웃으며 말했다.

"아! 본인 확인되었습니다, 최하정 님!"

한밤의 방문자

전건우

지이지지직.

초인종이 울렸다. 노수경은 깜짝 놀라 마시던 커피를 엎질 렀다. 이사 온 지 한 달이 다 되어가지만 새가 날카롭게 지저 귀는 초인종 소리에는 좀체 적응이 되지 않았다. 게다가 지 금은 10시 30분, 한밤중이었다.

"누구세요?"

무심코 묻고는 아차 싶었다. 옛날 집이 아니다. 반지하 월 세에 살 때는 현관문 하나밖에 없었지만, 이제는 공동출입문 이 존재한다. 층수도 바뀌었다. 취직한 지 3년 만에 지겹던 반지하에서 탈출해 제법 넓은 9층 원룸으로 옮긴 것이다. 구시가지에 세워진 낡은 원룸이지만 높아진 층수만큼 신분이 상승한 것 같아 수경은 스스로가 자랑스러웠다.

책상에 엎지른 커피를 먼저 닦을까 하다가 결국 인터폰으로 다가갔다. 초인종은 집요하게 울어댔다. 꺼림칙했지만 무시하고 넘길 수는 없었다.

"누구세요?"

'통화' 버튼을 누르고 이번에야말로 확실히 물었다. 인터폰 화면에 어두컴컴한 바깥 풍경이 떠올랐다. 아무도 없었다. 인적 끊긴 골목과 맞은편 빌라의 담벼락만 보일 뿐이었다.

"누구세요?"

다시 한 번 물었다. 지직거리는 잡음이 들렸다. 겨울바람이 골목을 휘돌아 나가는 소리가 생생했다. 몇 년 만의 한파로 세상이 꽁꽁 얼어붙었다. 수경은 팔을 쓸어내렸다. 왠지 모르게 몸이 으슬으슬했다.

뭐야, 도대체?

그렇게 생각했을 때였다. 화면이 희뿌옇게 변했다. 순식간에 안개가 낀 것 같았다. 자세히 보려고 한 발 다가선 순간, 수경은 그것의 정체를 알아챘다.

사람의 입김!

괴이한 미스터리

헉, 하고 숨을 들이켜는 것과 동시에 손바닥으로 버튼을 내리쳤다. 바깥 풍경이 사라지며 새까만 화면으로 돌아왔다. 그 화면 속에 작은 방안 모습이 고스란히 들어왔다. 액자가 걸린 벽, 분홍색 침대, 조립식 컴퓨터 책상까지. 화면 밖에는 냉장고와 싱크대가 있다. 냉장고 옆은 변기와 샤워기가 갖춰진 좁은 화장실이다.

수경은 뒷걸음치다가 손에 닿는 서늘한 느낌에 정신을 차렸다. 자신도 모르는 사이 화장실 반투명 유리문 앞까지 와버렸다. 침을 꿀꺽 삼키고 심호흡을 했다. 그제야 조금 진정이 되었다.

이상한 인간들이 많다는 사실은 이미 알고 있었다. 변두리이긴 하지만 골목 하나만 지나면 유흥가가 펼쳐졌다. 척 보기에도 수상쩍은 안마방이며 노래주점 같은 가게들이 길 양옆으로 늘어서 불야성을 이루었다. 덕분에 길 잃은 취객들이 주택가 골목에서 주정을 해대는 모습을 심심치 않게 볼 수 있었다. 자잘한 사건사고도 끊이지 않았다. 이사를 하고 난 뒤에야 알게 된 사실이지만 몇 달 전에는 혼자 사는 여성의 집에 침입해서 성폭행을 하고 돈을 뺏는 이른바 '발바리' 사건도 몇 건인가 발생했다.

그냥 술 취한 놈일 거야.

수경은 아랫입술을 깨물었다. 몸은 마음보다 정직했다. 긴장은 조금 풀렸지만 떨림은 쉽사리 잦아들지 않았다.

술에 취해서 집을 잘못 찾은 거야.

다시 한 번 생각했다. 온갖 나쁜 상상들이 떠올랐지만 애써 눌렀다. 리모컨을 들고 텔레비전을 켰다. 적당한 소음이 필요했다. 마침 성탄절 특집 예능프로가 방영 중이었다. 연예인들이 모여 왁자지껄 떠들고 있었다.

크리스마스이브. 원래 계획대로라면 남자친구와 함께 오붓한 시간을 보내고 있어야 했다. 2주 전에 2박3일 일정으로 여행을 떠나자고 약속했다. 서울 근교의 온천호텔이 목적지였다. 어렵사리 휴가까지 얻었는데 바로 어제 남자친구와 크게 싸우면서 모든 게 틀어졌다. 남자친구는 종일 아무런 연락도 하지 않았다. 남자친구는 지금까지 딱히 속을 썩인 적 없는 평범한 사람이었다.

물론, 가끔 연락 문제로 다투기는 했다. 몇 시간씩 연락이 안 되는 경우가 종종 있었다. 그 외에도 소소한 다툼이 있었지만 금세 화해했다. 이번처럼 극단적으로 잠수를 탄 경우는 처음이었다. 사귀고 처음으로 크게 싸웠다.

'자, 그러면 다음 주제 보겠습니다. 크리스마스에 가장 외로운 사람들….'

진행자가 무슨 말인가를 하자 방청객들이 와하고 웃음을 터트렸다. 텔레비전을 멍하니 바라보던 수경은 책상으로 다가갔다. 커피가 책상에서 바닥으로 똑똑 떨어져 내렸다. 물티슈를 꺼내 닦으려는데 아차 하는 사이 눈물이 흘렀다.

나쁜 놈….

잠깐의 공포와 긴장이 결국 남자친구에 대한 원망으로 바뀌었다. 책상과 바닥을 대충 훔쳤다. 그러다가 책상 위에 올려놓은 작은 아령에 눈길이 갔다. 남자친구가 운동하라고 사준 것이었다. 수경은 충동적으로 휴대전화를 확인했다. 여전히 아무런 연락도 없었다. 수경은 휴대전화를 침대에 던져버렸다.

생각할수록 분했다. 싸우긴 했지만 혹시나 해서 늦은 시간까지 회사에서 기다렸다. 휴대전화를 몇 번이나 확인했는지 모른다.

"이젠 진짜 끝이야."

소리를 내서 말하고 나니 텅 빈 사무실에 혼자 남은 모습이 더 초라하게 느껴졌다. 그 길로 짐가방을 끌고 집으로 돌아온 지 이제 막 30분 정도가 지났다. 보일러를 최대로 틀고 미련스레 껴입은 옷들과 새로 산 속옷마저 벗어버린 뒤 목이 늘어난 반팔 티셔츠와 잠옷바지를 입고 컴퓨터 앞에 앉았다. 따뜻한 커피를 한 잔 마시려는 그 순간에 초인종이 울린 것이다.

수경은 벌떡 일어났다. 혼자서 벌벌 떠는 모습이 한심하게 느껴졌다. 결국, 아무 일도 아닐 것이다.

'속보입니다.'

예능프로가 멈추더니 갑자기 아나운서 얼굴이 튀어나왔다. 컴퓨터 앞으로 가려던 수경은 놀라서 텔레비전을 바라봤다.

'이른바 월영시 발바리로 불리며 여성들을 공포에 떨게 했던 용의자를 경찰이 추격 중이라는 발표가 방금 있었습니다. 월영시 발바리는 흉기를 든 채 현재 도주 중인 상태라고 합니다. 자세한 이야기 들어보시죠.'

화면은 곧 경찰서 앞 풍경으로 바뀌었다. 머리카락을 질끈 동여맨 기자가 코트 깃을 여민 채 마이크를 잡고 이야기를 시작했다.

수경은 그 모습을 보며 의자에 주저앉았다. 등줄기에 식은 땀이 흘렀다.

혹시, 방금 그 사람이?

아닐 거라는 사실을 알면서도 머릿속 깊숙이 자리잡은 불
안감은 자꾸만 끔찍한 상상을 불러일으켰다.

수경은 휴대전화를 들었다. 신고를 할까 하다가 멈칫했다.
괜한 짓을 하는 것 같았다. 경찰들이 왔는데 막상 아무 일도
아니라면 역시나 곤란할 것이었다.

결국 휴대전화를 내려놓고 다시 컴퓨터로 눈을 돌렸다. 텔
레비전에서는 속보가 끝나고 어느새 시끌벅적한 웃음이 흘
러나왔다. 성폭행범이 돌아다니거나 말거나, 홀로 크리스마
스이브를 보내는 여자가 공포에 떨거나 말거나 연예인들은
즐겁고 유쾌했다.

수경은 자주 방문하는 인터넷카페에 접속했다. 주된 회
원이 모두 이삼십 대 여성들로 패션에서부터 연애상담까지
다양한 고민과 사연들이 하루에도 몇백 건씩 올라오는 곳
이었다. 스토커나 성추행 등 민감한 주제의 글도 심심치 않
게 볼 수 있었다. 수경은 '성폭행범 대비'라는 제목의 글을
클릭했다.

두 번째로 초인종이 울린 건 바로 그때였다.

수경은 그대로 얼어붙었다.

지이지지직… 지이지지직….

새 한 마리가 미친듯이 울어댔다. 아니, 한 마리가 아니다. 새떼들이 노란 부리를 하늘로 쳐든 채 그악스럽게 울부짖는 모습이 떠올랐다. 귀를 막아봐도 소용없었다. 초인종 소리는 집요했고, 그때마다 인터폰의 빨간색 불빛이 점멸했다.

수경은 인터폰을 노려봤다. 초인종을 눌러대는 정체불명의 누군가에게 기분 나쁜 의지마저 느껴졌다.

천천히 다가갔다. 심호흡을 한 후 '통화' 버튼을 눌렀다.

"누구세요?"

최대한 덤덤하게 말했지만, 목소리 끝이 떨렸다.

대답이 없었다. 골목과 담벼락이 보였다. 늦은 시간인데도 폐지 수거를 하는 노인이 리어카를 끌고 가는 모습이 보였다. 고양이인지 개인지 모를 동물 한 마리가 쏜살같이 골목을 달려갔다. 휘익휘익 섬뜩한 바람소리만 희미하게 들렸다.

누가 초인종을 누른 걸까?

인터폰 카메라의 사각지대에 서서 조용히 귀를 기울이고 있을 어떤 이의 모습을 어렵지 않게 상상할 수 있었다.

"계속 장난치면 경찰에 신고할 거야!"

수경은 스피커에 대고 소리를 질렀다. 그 순간 화면 가득 시커먼 형체가 나타났다.

"꺄악!"

자기도 모르게 비명을 질렀다. 뒤로 물러나다가 침대 모서리에 뒤꿈치를 세게 부딪쳤지만 아픈 줄도 몰랐다. 한 손으로 입을 가린 채 우두커니 서 있을 뿐이었다.

그사이 시커먼 형체는 모자를 푹 눌러쓴 누군가의 얼굴로 바뀌었다. 사람이라는 것만 어렴풋이 알 수 있을 뿐 이목구비조차 구분되지 않았다. 바깥이 원체 어두운 데다가 렌즈에 얼굴을 가까이 대고 있어 모자챙 아래로는 온통 검은색이었다.

잠시 후 검은색의 가운데쯤이 쩍 벌어지더니 유달리 새하얀 치아가 드러났다.

"현숙이… 없어요?"

남자였다. 술에 취했는지 혀가 꼬부라졌다. 수경은 인터폰 앞으로 다가갔다. 일단 사람 목소리가 들리니 조금은 안심이 되었다.

"그런 사람 없어요."

수경이 말했다. 바람이 불어서인지 자신의 목소리마저 지직지직 잡음처럼 들렸다.

"그럴 리가 없는데…. 진짜 현숙이 없어요?"

남자의 목소리가 조금 커졌다.

"잘못 찾아오셨다니까요!"

"현숙이 그년이 날 배신하고 얼마나 잘사는지 보려고 왔는데. 흐흐. 진짜 현숙이 없어요?"

"없어요! 얼마 전에 제가 이사 온 거예요."

"아닌데…. 내 눈으로 확인 좀 해봅시다."

"안 돼요!"

수경은 그렇게 말한 뒤 인터폰을 바로 꺼버렸다. 취객이 분명했다. 이제는 아무리 초인종을 눌러도 반응하지 않으면 될 일이었다. 그럼에도 불안감을 떨칠 수 없었다. 월영시 발바리의 수법 때문이었다. 듣기로는 그 나쁜 놈도 초인종을 눌러 여자 혼자 있는 걸 확인한 후 침입한다고 한다. 그 침입 방법을 아무도 몰라 월영시 미스터리 중 하나라고 이야기하는 사람도 있었다.

하긴, 월영시가 어떤 곳인가. 집값이며 물가가 싸다고는 해도 전국에서 범죄율이 가장 높은 도시가 바로 이곳이다. 수경도 괴담처럼 떠도는 수상쩍은 이야기를 몇 개인가 알고 있다.

재민은 아예 이렇게 말했을 정도다.

"백화점 앞에 위령비 있잖아. 그 이상하게 생긴 오벨리스크. 거기서 이상한 기운이 흘러나와…."

말도 안 되는 소리를 진짜인 것처럼 이야기하는 허풍선이. 그 사실을 알면서도 좋아서 만났던 자신 역시 별 볼 일 없는 사람이라는 사실을 수경은 새삼 뼈저리게 느꼈다. 재민은 당장이라도 뭐든 할 수 있을 것처럼 떠들었지만 실은 공무원시험 준비생, 그것도 5년 차였다. 수경이 보기에는 가능성이 없었다. 공부를 딱히 열심히 하는 게 아니었으니까. 그런 재민과 여태 헤어지지 못한 이유는 의존할 사람이 있어야 안정감을 느끼는 수경의 심리 때문이었다. 어릴 때 부모님을 잃고 외할머니 손에서 자란 수경은 정에 약했고 사람 끊어내기를 두려워했다.

수경은 아직 풀지도 않은 트렁크를 보며 작게 한숨을 쉬었다. 미련이 남았다기보다는 지금 당장은 의욕이 안 생겨 풀 수가 없었다.

수경은 침대에 걸터앉았다.

"하아."

자기도 모르게 한숨을 쉬었다. 그 순간 어떤 기억 하나가 떠올랐다. 수경은 고개를 번쩍 들었다.

"현숙?"

왠지 낯설지 않다 싶었는데 그 이름의 주인공이 누구인지 이제야 생각났다.

김현숙.

분명 전에 살던 사람의 이름이었다. 우편함에는 김현숙 앞으로 온 각종 고지서며 독촉장 같은 것들이 잔뜩 꽂혀 있었다. 관리인 말로는 월세도 몇 개월째 밀린 상태로 어느 날 갑자기 사라져버렸다고 했다.

그럼 아까 그 남자가 진짜로 김현숙을 찾으러 왔던 거….

그 생각을 하는 찰나 다시 초인종이 울렸다.

"아악!"

수경은 자기도 모르게 귀를 막으며 소리를 질렀다.

지이지지직.

지이지지직.

아까보다 훨씬 더 끈질기게 울리는 초인종 소리를 들으며 수경은 도무지 참을 수가 없었다. 이번에야말로 확실하게 한마디하고 경찰에 신고를 할 것이다. 그런 생각으로 과감히 인터폰을 다시 눌렀다.

괴이한 미스터리

"경찰…."

말을 채 끝내지도 못한 채 수경은 얼어붙었다. 화면 속에는 전혀 예상치 못한 사람이 서 있었다.

온 얼굴을 뒤덮은 자글자글한 주름, 밤인데도 이상하리만치 번득이는 눈동자, 그리고 그 모든 것과 하나도 어울리는 않는 샛노란 스웨터. 나이를 짐작할 수도 없을 정도로 늙은 여자는 알아듣기 힘들 만큼 웅얼거리며 말했다.

"조심혀. 방금… 들어갔어…. 내가 쭉 지켜봤는데… 열더니… 지금 막 들어갔어… 남자가."

"네?"

"조심혀. 낯… 것을 조심혀."

"지금 무슨 말씀…."

갑자기 화면이 꺼졌다. 검은색 빈 화면에 겁에 질린 수경 자신의 얼굴이 비쳤다. 단순히 미친 노파일까? 아니면 경고의 말을 남긴 걸까?

수경은 노란색 스웨터를 입은 노파가 남긴 퍼즐과도 같은 말을 정리해봤다. 신경을 써서 이리저리 맞춰보니 그리 어려운 말이 아니었다.

방금 남자가 공동현관문을 열고 빌라 안으로 들어왔다는

말. 낯선 것을 조심하라는 말.

노파의 경고가 사실이라면 그 남자는 지금쯤 엘리베이터를 타고 올라오는 중일 것이다. 존재하지도 않는 여자를 찾으며. 온몸이 부들부들 떨렸다.

신고해야 해!

그 생각 하나로 굳어버린 몸을 간신히 움직였다. 핸드폰을 들고 112를 누르는 그 짧은 순간이 마치 영원처럼 길게 느껴졌다. 수경은 전화를 걸면서도 현관에 귀를 대고 그쪽에다가 신경을 집중했다.

"네, 112 상황실입니다."

핸드폰 너머로 반가운 소리가 들렸다.

"저 여기 월영시 중구 중앙동 유림원룸인데요. 지금 막 수상한 남자가 초인종을 누르더니 집으로 들어오려고 해요."

"그 남자가 지금 집으로 들어온 건가요?"

"아뇨. 공동현관문을 열고 들어왔는데 지금 어디쯤인지는 모르겠어요."

"경찰이 출동할 때까지 절대 문 열지 마세요."

"네, 네!"

수경이 막 전화를 끊었을 때였다.

땡! 하는 엘리베이터 소리가 들렸다. 수경은 현관문에 귀를 바짝 가져다 댔다. 엘리베이터 문이 열리고, 발소리가 이어졌다. 수경의 집은 복도 맨 끝이었다. 차디찬 복도 바닥을 내딛는 발소리는 중간에 멈추지 않았다. 덩달아 수경의 심장도 거세게 뛰기 시작했다.

뚝.

그 소리가 멈췄다. 수경의 집 바로 앞이었다. 수경은 마른침을 삼켰다. 후욱. 그 남자가 내뿜는 거친 숨결이 현관문을 넘어 수경의 뺨에 닿는 듯했다. 수경은 남자가 또 초인종을 누를 것에 대비해 잔뜩 긴장하고 있었다.

그때였다.

삑삑삑.

현관문 비밀번호를 누르는 소리가 들렸다.

"으악!"

수경은 놀라서 그야말로 주저앉고 말았다. 머릿속이 하얘지고 턱까지 덜덜 떨렸다. 그 순간 현관문 걸쇠에 눈길이 머물렀다. 튕기듯 일어나 걸쇠를 채우는 것과 동시에 현관문이 덜컹 열렸다.

수경은 그 자리에서 완전히 굳었다. 걸쇠의 길이만큼 열린 문틈으로 차가운 공기와 어둠이 스멀스멀 기어들어왔다. 그러고는….

"수경아, 왜 전화를 안 받아?"

재민의 얼굴이 불쑥 나타났다.

"헉!"

수경은 놀라서 숨을 쉴 수도 없었다. 재민의 뒤에 아까 인터폰으로 본 바로 그 남자가 서 있었기 때문이다.

"문 좀 열어줘. 들어가서 이야기…."

"조심해!"

수경은 소리쳤다.

재민이 뒤를 돌아보았다. 그 순간 남자가 재민을 덮쳤다. 현관문이 닫혔다. 그 모든 일이 몇 초 사이에 벌어졌다.

수경은 멍하니 문만 바라보며 서 있었다.

무슨 일이지? 어떻게 된 거야?

도무지 정신을 차릴 수가 없었지만 한 가지 사실만은 분명했다. 재민이 위험에 빠졌다! 문밖에서는 둔탁한 소리와 신음이 번갈아 들렸다.

쿵!

누군가가 현관문에 부딪혔다. 수경은 핸드폰을 확인했다.

신고한 지 아직 2분도 채 흐르지 않았다. 혹시 재민이 잘못되기라도 하면….

수경은 호신용 스프레이를 떠올렸다. 재민이 사준 건데, 여행 때도 필요할지 몰라 가방에 챙겨 넣었다. 재빨리 가방을 뒤져 스프레이를 꺼냈다. 한 번도 사용해본 적은 없었다. 그래도 재민이 사용법을 자세히 가르쳐줘서 어떻게 뿌리는지는 알고 있었다.

스프레이를 챙겨 든 다음 호흡을 가다듬고 걸쇠를 푼 뒤 현관문을 열었다.

바로 그때 재민이 쓰러지듯 안으로 들어왔다. 가슴 근처가 온통 피범벅이었다.

"재민아!"

이제는 비명도 나오지 않았다. 수경은 재민을 끌어당기려 했다. 그러자 재민이 목소리를 쥐어짜서 말했다.

"문부터 닫고 걸쇠 채워. 놈은 도망갔는데 언제 다시 올지 몰라!"

"아, 알았어."

수경은 재민이 시키는 대로 했다. 그사이 재민은 끙 소리를 내며 거실 바닥에 주저앉았다. 얼굴을 잔뜩 찡그리고 있었다. 점퍼는 뜯어지고 머리카락도 헝클어져서 몰골이 말이 아니었다.

"난 괜찮아. 맞아서 좀 아플 뿐이야."

재민이 말했다.

"그 피는 어떻게 된 거야?"

"이거 내 피가 아니라 놈이 흘린 피야. 흉기를 뺏어서 내가 찔렀어."

"그럼 그 남자는 칼에 찔리고도 도망간 거야?"

"응. 살짝 스친 정도였거든. 아무튼, 지독한 놈이었어. 힘도 무지 세더라고. 흉기를 못 뺏었으면 나도 그렇고 너도 그렇고 큰일날 뻔했어."

"고마워!"

수경은 재민을 끌어안았다.

"조심해. 너한테 피 묻잖아."

재민의 따뜻한 배려에 지금껏 원망했던 마음이 눈 녹듯 사라졌다. 더불어 온몸에 힘이 쭉 빠졌다. 긴장이 풀리면서 눈물이 쏟아질 것만 같았다.

"일단 옷 벗고 좀 씻어."

수경이 말했다.

"그 전에 물 한 잔 마실래."

"알았어."

수경은 냉장고에서 생수 한 병을 꺼냈다. 그때 전혀 예상하지 못했던 소리가 들렸다.

똑똑.

누군가가 현관문을 노크하고 있었다. 수경과 재민은 동시에 서로를 바라봤다. 순간 수경은 도망쳤던 남자가 돌아왔다고 생각했다.

"어떡해?"

수경이 재민을 향해 물었다.

"쉿! 일단 아무 소리도 내지 마."

노크는 몇 번 계속되더니 곧 목소리로 바뀌었다.

"아무도 안 계세요? 경찰입니다. 신고받고 출동했습니다. 대답하세요."

"경찰이래!"

수경이 얼른 현관으로 다가갔다.

"잠깐만!"

재민이 그런 수경을 말렸다.

"네가 신고했어?"

"응."

"경찰이 아닐지도 몰라. 놈일지도 모른다고."

재민은 속삭이듯 말했다. 그러고보니 이상했다. 아무리 경찰이라 해도 공동현관문은 어떻게 열었단 말인가? 그 남자야 재민이 들어오는 걸 보고 따라 들어왔다고 해도 경찰은 불가능하다.

"계세요? 대답 좀 해주세요. 계속 대답이 없으면 강제로 문을 열고 들어가겠습니다."

경찰이라 주장하는 남자는 다시 목소리를 높였다.

"경찰 맞는 것 같아. 저렇게 당당하게 나오잖아."

수경은 현관문을 바라보며 말했다.

"만약에 놈이면?"

재민의 물음에 수경은 대답할 수가 없었다.

똑똑.

다시 노크 소리가 들렸다.

"마지막으로 말씀드립니다. 강제로 문을 열고 들어가겠습니다!"

"경찰이면 문만 부서지잖아! 걸쇠 걸어뒀으니까 일단 조금만 열고 확인해보자. 응?"

잠시 생각에 잠겨 있던 재민이 이내 일어섰다.

"좋아. 혹시 놈이면 바로 문을 닫아야 해. 난 벽 뒤에 숨어 있을 테니까 여차하면 날 부르고."

수경은 고개를 끄덕이고는 천천히 문을 향해 다가갔다. 뒤에 재민이 버티고 있다고 생각하니 아까보다는 훨씬 마음이 놓였다.

"저, 나가요."

수경은 그렇게 말한 후 살며시 문을 열었다. 문틈 사이로 제복이 보였다. 그제야 안도의 한숨이 나왔다. 모자를 눌러쓴 경찰이 사람 좋아 보이는 미소를 지으며 말했다.

"다행히 아무 일도 없나보네요."

"네. 사실 누가 오긴 했는데…."

"문 좀 열어주시겠습니까?"

"네?"

"일단은 안쪽도 확인해야 해서요. 신고를 받은 이상 절차를 따를 수밖에 없어서…. 죄송합니다."

"아! 네."

수경은 대답한 후 일단 문을 닫았다. 그러고는 걸쇠를 풀었다.

그때였다.

"안 돼!"

수경이 막 문을 열었을 때 재민이 달려 나왔다. 동시에 경찰은 문을 열어젖히며 집안으로 들어왔다. 수경은 확 풍겨오는 술 냄새를 맡았다. 그제야 똑똑히 보였다. 푸른색 제복에 잔뜩 묻어 있는 검붉은 핏자국이.

재민은 달려 나오다가 미끄러지며 균형을 잃고 말았다. 그 순간 남자가 뒤에 감추고 있던 멍키스패너를 휙 들어올렸다. 재민은 무방비 상태였다. 그때 수경이 남자를 온몸으로 밀었다. 불시의 공격을 받은 남자가 뒤로 물러나며 닫히려던 현관문이 다시 열렸다. 수경은 그 찰나를 놓치지 않았다.

치익.

그때껏 들고 있던 호신용 스프레이를 남자의 얼굴 쪽에 마구 뿌렸다.

"으악!"

남자는 얼굴을 감싸쥐며 고통스러워했다. 재민은 그런 남자를 향해 번개처럼 달려들었다.

푹!

정말로 그런 소리가 들렸다. 칼이 옷과 피부와 지방을 뚫는 소리는 상상했던 것보다 훨씬 크고 생생했다. 남자의 배에서 왈칵 피가 쏟아졌다. 재민이 칼을 빼자 더 많은 양의 피가 줄줄 흘러내렸다. 남자는 그 자리에서 무릎을 꿇고선 그대로 고개를 떨구었다.

"현숙이…."

그것이 남자가 내뱉은 마지막 말이었다.

재민은 거칠게 숨을 몰아쉬며 한마디했다.

"개새끼, 하필 오늘."

수경은 머리가 어질어질한 걸 간신히 참으며 이 사태를 어떻게 수습해야 할지 고민했다.

"먼저 출동한 경찰은 이 남자 손에 죽은 것 같으니까 다시 신고를 하자."

수경이 말했다.

"신고는 안 돼!"

재민은 강경한 말투였다.

"괜찮을 거야. 내가 증인이잖아. 재민이 너 정당방위였어. 네가 이 남자를 안 죽였다면 우리 둘 다 죽는 거였다고!"

"그래도 경찰은 안 돼. 이 남자, 빨리 안으로 들이고 일단 문을 닫아!"

재민은 당황했는지 전에 없이 딱딱한 말투로 명령했다.

그때였다.

지이지지직.

또 초인종이 울렸다. 이번에는 놀라지도 않았다. 수경은 끝도 없이 찾아오는 한밤의 방문자가 도대체 몇 명까지 늘어날지 궁금할 정도였다.

"이번엔 또 누굴까?"

"아무한테나 열어주면 안 돼! 알았지?"

재민이 눈을 번득이며 말했다.

"으응."

수경은 그 기세에 놀라 고개를 끄덕인 다음 인터폰으로 다가갔다. 화면에는 점퍼를 입은 남자 두어 명이 보였다. 모두 덩치가 크고 인상이 험악했다. 수경은 인터폰을 누르기 전부터 겁에 질렸다.

"누, 누구세요?"

"노수경 씨 댁입니까?"

"네, 맞는데요."

"혹시 이 남자 아십니까?"

그러면서 보여준 것은 낯익은 얼굴이 담긴 사진이었다.

괴이한 미스터리

"아, 알긴 아는데…."

"이 자가 바로 월영시 발바리입니다. 혹시 지금 같이 있습니까?"

"아니요. 그, 그게."

이번에는 사진을 빙그르 돌렸다. 거기에는 이렇게 적혀 있었다.

'같이 있다면 빨리 문을 열어주세요.'

짧은 순간, 수경은 혼란에 빠졌다. 도무지 이해할 수도, 그렇다고 무시할 수도 없는 상황이었다. 누군가가 머릿속에 숟가락을 넣고 뇌를 마구 휘저은 것 같았다. 수경은 최대한 호흡을 가다듬은 다음 열림 버튼에 손가락을 가져다 댔다. 일단은 열어줄 필요가 있었다.

그 순간 뒤에서 인기척이 느껴졌다.

수경은 재빨리 열림 버튼을 누른 후 뒤를 돌아봤다. 재민이 무표정한 얼굴로 서 있었다. 피 묻은 칼을 그대로 들고서.

"재, 재민아…."

"멍청하긴. 왜 일을 복잡하게 만들어?"

재민이 한 발 더 다가왔다. 수경은 주춤 옆으로 물러났다. 식탁이 있는 곳이었다.

"너 설마?"

수경은 떨리는 목소리로 물었다.

"이제야 알다니 너도 참 둔하구나. 크크."

재민의 얼굴에 전에 본 적 없는 기괴한 표정이 떠올랐다. 입은 한껏 웃고 있는데 눈은 매섭게 상대방을 노려보는 표정.

"아, 아니야!"

수경이 소리쳤다.

"어쩔 수 없어. 그리고 너, 날 좀 도와줘야겠다."

재민이 팔을 뻗으려는 찰나 수경은 식탁 위의 꽃병을 집어 던졌다. 재민이 꽃병을 팔로 막느라 빈틈이 생긴 사이 수경은 다시 호신용 스프레이를 뿌렸다.

칙.

이번에는 분사액 자체가 얼마 없었지만 효과는 있었다.

"악!"

재민 역시 얼굴을 감싼 채 괴로워했다. 수경은 그 틈을 타 현관으로 달렸다. 현관문은 죽은 남자 덕분에 열려 있었다. 밖으로만 나간다면 복도를 달려서….

"아!"

수경은 채 현관에 다다르기도 전에 꺾였다. 재민이 수경의 머리카락을 잡고 끌어당긴 것이다.

"이게 어디 도망가려고!"

아무래도 분사액이 모자랐던 모양이었다. 재민은 괴로워하면서도 수경의 목을 굵은 팔로 감싸고는 칼을 들이댔다.

"놔! 놓으라고!"

수경은 있는 힘껏 발버둥쳤다.

"움직이지 마. 확 찌르는 수가 있어!"

재민의 목소리는 겨울 공기보다 훨씬 차가웠다.

그때 우르르 달려오는 발소리가 들린다 싶더니 아까 초인종을 눌렀던 그 남자들이 수경의 집안으로 들이닥쳤다.

남자들은 현관문 앞의 시체를 보고 한 번 놀라더니 인질로 잡힌 수경을 보고 또 한 번 놀랐다.

"저흰 중구서에서 나온 형사들입니다. 노수경 씨, 침착하세요."

형사는 그렇게 말하며 천천히 안으로 들어왔다.

"거기서 스톱! 더 다가오면 애 목숨은 없어!"

재민이 소리쳤다.

"월영시 발바리, 한재민. 너 경찰까지 죽인 거야?"

형사가 물었다.

"하아, 그게 말이야. 설명하자면 좀 긴데, 아무튼 경찰은 손 안 댔어. 나도 운이 없었다고."

"어찌됐든 빨리 인질 내주고 순순히 따라와. 계속 대치해 봐야 절대 도망칠 수 없어!"

형사의 말에 재민은 코웃음을 쳤다.

"내가 순순히 잡힐 것 같아? 죽으면 죽었지 절대 감옥에는 안 가!"

재민은 그렇게 말한 뒤 수경의 귀에다가 속삭였다.

"너, 같이 가줄 거지? 응?"

수경은 온몸에 소름이 돋았다. 몇 년 동안 사귄 남자친구가 발바리였다는 사실도, 자신을 인질로 잡고 경찰과 대치 중이라는 사실도, 결국 함께 죽자고 말하는 재민의 말도 모두 소름 끼쳤다.

"한재민, 인질을 풀어주지 않으면 발포하겠다."

형사가 드디어 총을 꺼냈다.

"내가 지금 저 빌어먹을 스프레인지 뭔지 때문에 앞이 잘 안 보이거든. 그러니 협박해봐야 소용없어. 빨리 길을 터! 안 그러면 확 쑤셔버릴 테니까."

재민은 그렇게 외치며 수경의 목을 긋는 시늉을 했다. 수경은 눈을 질끈 감았다가 떴다. 형사들도 주춤 뒤로 물러났다.

"재민아, 빨리 자수해. 뭔가 착오가 있는 건지도 모르잖아. 응?"

수경은 떨리는 목소리로 말했다.

"착오? 그딴 건 없어. 내가 바로 월영시 발바리야. 여자 혼자 있는 집에 들어가서 마음껏 즐기다 나왔지. 너랑 하는 건 더는 짜릿하지도 않고 재미도 없었거든. 네가 좋아서 만난 거라 착각하지 마. 넌 지금처럼 둔하고 순진해서 속이기가 좋았거든. 변태한테 여자친구가 있을 거라곤 상상도 못할 테니 내 정체를 숨기기도 좋았고 말이야. 어때? 이제 좀 감이 와? 네가 얼마나 멍청했는지?"

수경은 극심한 공포에 사로잡혀 덜덜 떨 뿐이었다.

"한재민, 마지막 경고다. 빨리 인질을 놓아줘!"

형사가 다시 외치며 다가왔다. 다른 형사들도 모조리 안으로 들어왔다.

"시끄러워! 빨리 물러서!"

재민은 허공에 칼을 몇 번 그었다.

"한재민!"

"안 물러서면 진짜로 죽인다. 그리고 나도 죽을 거야!"

재민의 무시무시한 기세에 형사들은 난감한 표정을 지었다. 누군가가 지원 병력이 더 필요하다는 무전을 치고 있었다.

수경은 덜덜 떨리는 이를 악다물며 재민의 발등을 힘껏 밟았다.

"악!"

재민은 비명을 지르기는 했지만 수경을 놓치지는 않았다. 대신에 목을 감싼 팔에 더 힘을 주고는 칼을 수경의 뺨에 가져다 댔다.

"어어!"

형사들이 당황해서 또 뒤로 물러났다.

"이 도시는 말이야, 사람을 미치게 만드는 뭔가가 있어. 나도 처음엔 평범한 인간이었다고. 그런데 학원에 가느라 백화점 앞을 지나다닐 때마다 그 이상한 위령비가 날 향해 속삭이는 거야. 욕망을 마음껏 실현하라고. 하고 싶은 걸 하라고. 그 소리를 자꾸 듣다보니 이런 인간, 아니 괴물이 되었지 뭐야. 크크크."

재민은 알 수 없는 말을 떠들어댔다. 그러면서 수경의 뺨에 댄 칼에 조금씩 힘을 줬다.

"악!"

수경은 서서히 더해지는 고통에 비명을 질렀다. 뺨에 붉은 피가 맺혔다.

"이대로 쭉 그어버리면 어떨까? 피부가 펄럭펄럭 나부끼겠지?"

"안 돼!"

형사가 소리쳤다.

수경은 이를 악물었다.

그때였다.

화장대 앞에 놓인 전신거울 속에서 뭔가 이상한 일이 벌어지고 있었다. 거울은 침대를 비추는 위치에 있었다. 그 침대 아래에서 머리카락을 길게 풀어헤친 어떤 여자가 꿈틀꿈틀 기어나왔다.

수경은 도무지 믿을 수 없어 몇 번이나 눈을 감았다 떴다. 그건 형사들도 마찬가지였다. 앞이 잘 안 보이는 재민만이 그 사실을 모르고 있었다.

"저…."

형사가 무슨 말인가를 하려다가 입을 다물었다.

"뭐야? 빨리 안 비켜?"

재민이 소리쳤다.

침대 밑에서 나온 여자는 우뚝 일어서더니 책상 위의 아령을 집어 들었다. 그러고는 소리도 없이 다가와 재민의 머리를 향해 그 아령을 휘둘렀다.

퍽!

딱딱한 뭔가가 깨지는 소리와 함께 재민이 비틀거렸다. 수경은 그 찰나를 놓치지 않고 형사를 향해 달려갔다. 반대로 형사들은 재민을 향해 달려들었다.

수경은 다리에 힘이 풀려 쓰러지듯 주저앉았다.

여자는 피 묻은 아령을 침대에 툭 던졌다. 그러고는 수경을 말없이 쳐다보았다.

"이렇게 끝이 나네. 내 미친 전남친이 죽어서 이제 발뻗고 살 수 있겠네."

여자, 아니 현숙은 스스로 형사에게 다가갔다.

수경은 그 모든 모습을 멍하니 바라봤다.

재민이 쓰러진 채 체포되고, 형사 한 명이 얼떨떨한 표정으로 여자를 데리고 나가고, 아령에서 묻어 나온 피가 새하얀 솜이불을 붉은색으로 물들이는 모든 광경을, 그저 구경꾼이 된 것처럼 보고만 있었다.

순간 핸드폰에서 자정이 넘었음을 알리는 '삐삐' 소리가 들렸다.

월영시의 시끌벅적한 크리스마스는 그렇게 시작됐다.

붉은 스티커

조동신

'하늘에 음침한 구름이 끼어 있는, 어둡고도 고요한 정적이 깃든 어느 가을날, 나는 어느 황량한 지방을 혼자서 종일토록 말을 달렸다. 저녁놀이 깔리기 시작할 무렵에야 음침한 어셔 가의 저택이 보이는 곳까지 당도할 수 있었다. 어째서 그랬는지는 모르지만, 그 건물을 처음 보았을 때 견딜 수 없이 우울한 기분이 가슴 깊이 스며들었다.'

에드가 앨런 포의 대표적인 공포소설 〈어셔 가의 몰락〉의 도입부다. 월영시에 도착하자, 나는 자연스레 이 대목이 머릿속에 떠올랐다. 공단이 많은 지역이라 공기가 좋지 않아서이기도 했지만, 짙은 색의 구름이 하늘에 두껍게 깔려서인지

도저히 좋은 느낌이 들지 않았다.

　버스가 터미널에 도착할 무렵, 이집트의 오벨리스크처럼 생긴 탑이 눈에 들어왔다. 월영시에 와보기는 정말 오랜만이었지만, 인터넷에서는 도시괴담이 많은 곳으로 꽤 유명했다. 그중 하나가 구시가의 랜드마크 중 하나인 위령탑이었다. 무슨 영혼을 위로하기 위해 세웠는지는 알 수 없지만.

　월영시는 서울과 지하철로는 통하지 않기에 버스로 오가야 했다. 터미널은 구시가지 중심에 있었지만 그리 규모는 크지 않았다.

　"어디야?"

　조대현이 물었다.

　"저기 위령탑 쪽으로 가면 먹자골목이 있는데, 거기가 그 중국십이라나봐."

　나는 턱으로 그쪽을 가리켰다.

　"내, 이렇게 단서가 없는 사건은 처음입니다."

　중국집 근처에 도착하자 박 형사가 우리를 맞이했다.

　오죽했으면 우리에게까지 도움을 청했을까 하는 생각이

들었다.

문제의 중국집에 갔을 때, 그곳은 며칠째 영업이 중단된 채였다. 이 안에서 살인사건이 일어났기 때문이었다.

"보통 우리가 아는 중국집은 아니구나."

메뉴를 봐도 한자로만 되어 있으니 금방 알 수 있었다. 월영시에도 중국인 노동자가 많으며 그들을 대상으로 한 가게가 꽤 있다. 중국 식품점 등도 어렵지 않게 볼 수 있다. 이 중국집은 딤섬 및 국수를 주류로 하고 있으며, 밤에는 가끔 술도 판다.

우리가 갔을 때, 이미 시체는 치워진 다음이었다. 두 사람이 우리를 맞이했다. 한 명은 주방장이고, 다른 한 명은 주인이었다.

"이분들은 누구시죠?"

둘 중 한 명이 물었다.

"이번에 특별히 수사 자문으로 초대한 탐정입니다."

"윤경식입니다."

나는 우선 인사를 했다. 윤경식 탐정사무소 소장, 이게 내 직함이다. 사람들은 우리를, 아니 정확히 말하면 조대현을 보고 무슨 이상한 사람이냐 하는 표정을 지었다. 조대현은 키가 150센티미터 정도밖에 되지 않는 데다 크고 헐렁한 바바리코트 차림에 헌팅캡을 쓰고 다니기 때문이다. 무슨 콜롬보 형사를 흉내내는 것도 아니고. 그러니 그를 본 사람들이 이상하게 여기는 건 당연한 일이다. 하지만 그는 한국 제일의 명탐정이며, 그동안 경찰에서도 쩔쩔매던 사건을 몇 건이나 해결했다.

그는 내게 탐정사무소 소장을 맡긴 후 자신은 직원으로 있다. 자신이 난쟁이나 다름없는 몸집이라 사람들이 그를 보고 믿음을 갖지 않을 것 같아서 그랬을 게 확실하다(자신은 절대 그렇게 말하지 않지만).

중국집에서 우리를 맞이한 두 사람이 인사를 건넸다.

"오진태라고 합니다."

"왕진풍입니다."

이 가게 주인인 오진태는 키가 꽤 컸고 단단한 체구였다. 반면 이름으로 보아 중국인 같았던 왕진풍은 키는 작은 편이었지만 꽤 노련한 주방장임을 알아볼 수 있었다. 반죽을 하는 사람은 어깨가 넓어질 수밖에 없다.

"이 사람은 한국말을 잘 못합니다."

오진태가 말했다.

그 사건이 일어나던 날이었다.

가게 안에 손님은 세 남자만 있었고, 이들은 식사 중이었다. 피해자인 김도섭이 화장실에 간다며 자리에서 일어나 주방 쪽으로 갔다. 그런데 그가 한참이 지났는데도 돌아오지 않아서 다른 사람들이 가보니, 그는 머리를 세게 얻어맞은 채 죽어 있었다.

여기까지는 평범한 살인사건일 뿐이다. 하지만 문제는 그 다음부터였다. 김도섭 일행은 이곳에 초대되어 식사를 즐기고 있었고, 현장에는 요리사만 있었을 뿐이다. 그런데 그 요리사는 그 자리에서 사라지고 말았다.

도망친 게 아니다. 말 그대로 사라졌다. 그 이후에 그 요리사를 본 사람은 아무도 없기 때문이다. 근처의 CCTV를 모두 뒤졌는데도 그 요리사나 비슷한 사람은 전혀 눈에 띄지 않았다. 그 때문에 김도섭의 일행인 이근수나 홍재훈, 아니면 둘이 공범이고 그를 살해했을 거라는 말까지 나왔다.

"두 사람 모두 자신은 범인이 아니라고 했습니다. 그냥 오 사장의 초대를 받고 왔다고 했어요. 아니, 피해자 역시 오 사장이 점심 초대를 해서 왔다고 했습니다."

"그렇게 간단한 일이 아니군요."

그렇다고 두 사람을 범인이나 공범으로 보기도 어려웠다. 사람을 둔기로 때렸을 경우 때린 사람의 몸에도 피가 튀게 마련이다. 하지만 두 사람의 몸에는 아무것도 묻지 않았다.

"그 요리사가 누군가요?"

"우리도 모릅니다!"

박 형사는 고개를 저었다. 오 사장이 말했다.

"저는 이 친구들을 초대한 적이 없습니다! 일주일쯤 전에 어떤 사람이 가게에 찾아오더니, 이 가게 정기휴일에 가게를 주방까지 다 빌릴 수 있게 해달라고 했습니다. 돈까지 듬뿍 주면서 말이죠. 누굴 초대해서 대접할 음식이 있는데 자기 집 주방을 쓰기는 어렵기 때문이라나요? 그런데 초대한 사람이 김도섭이랑 이근수, 홍재훈일 줄은 몰랐습니다…!"

가게를 통째로 빌려서 연회를 여는 일이야 이상할 게 없지만, 주방까지 다 빌린다니…. 게다가 이곳은 연회를 열기에는 매우 좁다. 멀리서 보면 마치 테이크아웃 전문 카페처럼 보일 정도였다.

"김도섭 씨랑 아는 사이입니까?"

"제 동생의 친구입니다. 얼마 전에 동생이 죽었을 때 장례식에도 왔었는데 말이죠…! 제가 이 가게 열 때 이자 없이 비용도 빌려주고 그랬어요."

"가게 열쇠는 어떻게 전달했나요?"

"제가 그 휴일 전날에 열쇠를 이 우편함에 넣어두고 간다고 했습니다. 그리고 그 이상한 사람도 그 안에 넣어두고 가기로 했죠."

"위험하지 않나요?"

"훔쳐갈 것도 없는데 뭐 어떻습니까? 밀가루나 훔쳐갈까요? 그 외 재료는 늘 쉬는 날 이후에 오기 때문에 위험할 것도 없죠. 저는 그날 집에서 계속 텔레비전만 보면서 있었습니다."

오 사장이 살던 아파트의 CCTV가 며칠 전에 고장이 나는 바람에 그의 알리바이를 입증하는 것이 어려웠지만, 그는 자신이 그날 본 텔레비전 프로 내용을 거의 기억하고 있었다.

"시체 발견 때는 저 발견자들이랑 같이 계셨다고 들었습니다."

"집에서 계속 텔레비전만 보고 있기도 심심하고 해서요. 열쇠를 가지러 갈까 하고 그냥 가게까지 나왔습니다. 그런데 비명을 듣고 들어갔죠."

이근수와 홍재훈, 두 사람이 김도섭의 시체를 발견하고 지른 비명이었다.

"그 요리사는 어떤 사람이었습니까?"

"우리 셋이서 식사 자리에 있었는데, 요리사는 '저는 농아입니다. 오시면 순서대로 음식을 내라는 말만 들었습니다'라는 종이만 내밀더군요."

이근수가 말했다. 홍재훈 역시 고개를 끄덕였다.

"요리는 뭐 맛있었지만요."

"인상착의는요?"

"수염을 길게 길렀고, 얼굴에는 화상 자국이 있었습니다."

긴 수염에 화상이라, 어쩌면 분장일지도 모른다.

"그렇다면, 며칠 전에 가게를 빌리겠다고 한 사람도 그런 인상이었나요?"

박 형사가 오 사장에게 물었다.

"마스크 쓰고, 뿔테 안경에 모자까지 쓰고 있어서 그 사람 인상은 별로 남지 않았습니다."

"그런데도 가게를 빌려줬나요?"

"뭐, 미세먼지 때문에 마스크 쓰고 다니는 게 이상한 건 아니니까요. 그리고 연락처랑 이름도 남기고 갔습니다."

"그건 다 가짜였습니다."

나는 그들이 왜 굳이 이 식당에서 만났을까 하는 생각이 들었지만, 사람을 초대해서 중화요리로 대접한다면 가정집은 그 장소로 쓰기 어려울 것이다. 중화요리용 화구를 보면 화산이 따로 없어 보일 정도로 굉장히 강한 불을 내니 반드시 전문점에 가야 한다.

현장 사진을 보니, 식탁에는 정확히 삼인분의 요리가 있었다. 주요리는 동파육이었다.

"동파육을 만들려면, 적어도 다섯 시간은 있어야 되지 않아?"

조대현이 말했다. 동파육은 중국의 돼지고기 요리 중 가장 유명한 음식 중 하나다. 돼지고기 삼겹살이나 목살 등을 덩어리째 데친 뒤 껍질에 진한 설탕물을 발라 한 번 튀기고, 3센티미터 정도 길이의 주사위 모양으로 썬 다음에 간장과 설탕, 향신료와 술(소홍주를 많이 쓴다) 넣은 물로 두 시간쯤 삶고 (덩어리째 삶으면 네 시간쯤 걸린다), 그 뒤 작은 항아리에 넣고 30분 정도 쪄서 만드는 요리라 손이 많이 간다.

신기할 정도로 각이 딱 잡혀 있는 겉모양과 달리 입안에서 사르르 녹을 정도로 부드러운 식감으로 유명하다. 물론 우리 나라에서도 먹고자 하면 먹을 수도 있지만 손이 많이 가기 때문에 가격이 상당하다.

"범행 시각, 아니 김도섭 일행이 방문하기 최소한 다섯 시간 전에 그 요리사라는 사람은 여기 왔다는 말이 되네요?"

"그렇습니다. 그 사람이 들어가는 건 분명히 찍혔는데, 문제는 그다음에 그 사람이 나오는 걸 본 사람이 없어요."

나는 뭐라 할 말이 없었다. 그 요리사가 유령이었을까, 하지만 그는 두 사람 앞에 분명히 모습을 드러냈다.

나는 왕진풍이란 사람에게 중국어로 물어보았다. 내가 그나마 중국어를 할 줄 알아서 다행이었다.

"정기휴일에 어디 계셨죠?"

"경찰한테 말하긴 했는데… 서는 집에 있었습니다. 그냥 쉬고 있었죠. 혼자 살아서 알리바이 입증은 되지 않지만요."

"이 항아리, 이 가게 거냐고 물어볼래?"

조대현이 사진에 찍힌 동파육이 담긴 작은 항아리를 보며 내게 말했다. 내가 중국어로 그 말을 전하자, 왕진풍은 아니라고 대답했다.

"저도 동파육 만들 줄은 알지만, 우리 가게에서 메뉴로 내지도 않아요. 여기는 거의 만두가 주력 상품이에요. 그걸 먹으려면 예약해야 합니다."

왕진풍의 만두 솜씨는 이 근처에서도 꽤 알려져 있었다. 주방에는 대나무로 만든 찜통이 레고 블록처럼 차곡차곡 쌓여 있었다.

잠깐 바람 좀 쐴까 하는 생각에 밖으로 나왔다. 미세먼지 농도가 높아서 그런 건지, 하늘의 구름은 여전히 두껍게 내려앉아 있었다.

가장 신경쓰였던 점은, 그 사라진 요리사라는 사람이었다. 그가 처음부터 살인을 위해 이 중국집을 빌렸음은 거의 확실하다. 하지만 그가 과연 어떻게 여기서 나왔을까 하는 점은 알 수 없었다.

"그런데 이상하게 화장실에 이런 스티커가 붙어 있단 말이죠."

박 형사가 말했다. 나와 조대현은 그가 가리키는 것을 보았다.

순간, 나와 조대현의 눈이 커졌다. 그것은 도시괴담 중 하나인 '귀신 헬리콥터'였다. 여기서 말하는 '귀신 헬리콥터'란, 귀신은 귀하의 신장, 헬리콥터(Helicopter)는 HEart(심장), LIver(간), COrnea(각막), Pancreas(췌장), TEndon(힘줄), Retina(망막) 등 이식이 가능한 장기를 말한다. 즉 장기매매를 상담하는 사람들이 붙인다.

"이런 스티커는 공중화장실 같은 데서 흔히 볼 수 있지 않나요?"

내가 물었다. 나도 몇 번이나 본 적 있다.

"이런 장기매매는 대개 거의 사기 아니야?"

공중화장실에 가면 뜻밖에 장기매매 정보를 알려주는 스티커는 쉽게 볼 수 있다. 하지만 대부분은 사기꾼이 한 일이다. 장기를 팔려는 사람에게 의사 중개료가 필요하다며 오히려 돈을 요구한 뒤 돈만 들고 달아나는 방식이다.

"그런데 누가 이런 스티커를 여기에 붙였는지 모릅니다. 식당 화장실 청소는 매일 하기 때문에 이런 게 붙어 있었다면 오 사장이나 주방장인 제가 몰랐을 리가 없어요."

"언제 이 스티커를 찾았습니까?"

내가 주방장에게 물어보았다.

"저는 이제 알았습니다."

오 사장 역시 마찬가지였다. 그는 살인이 일어난 후에 들어갔고 그때는 경황이 없어 스티커가 있는 줄도 몰랐다고 한다. 이근수와 홍재훈은 화장실에는 아예 가지도 않았다.

"이상하군요."

조대현과 나는 서로를 쳐다보았다.

"혹시 그 둘이 이런 방법을 쓰지는 않았을까?"

잠시 후 나는 한 가지 의견을 냈다.

"그 둘? 누구 말이야? 어떤 방법?"

"이근수랑 홍재훈 말이야. 둘 중 한 명이 넓은 비닐을 준비해서 한 명이 그걸 그물처럼 김도섭의 머리 위에 씌우고, 다른 사람이 둔기로 때린 거야. 그래서 몸에 피가 묻지 않은 거겠지."

"하지만 신발에는 묻었을 거야. 김도섭이 죽으면서 피를 많이 흘렸을 테니까."

"아, 그런가? 그리고 범인이 빠져나갈 구멍이야 있지 않았을까? 화장실 창문으로 나가면 될 텐데?"

"발견 당시, 화장실 창문은 잠겨 있었습니다."

박 형사가 말했다.

"밀가루를 비닐봉지나 아니면 다른 주머니에 가득 채워서 뭉치면 둔기가 될 테니까, 그걸 둔기로 쓰고 가루는 다시 이 포대에 담거나 했을까?"

"넌 뭘 그렇게 쉽게 생각하냐?"

조대현이 핀잔을 주었다.

"둔기도, 범인도 다 없어졌다고 했잖아."

"다 없어졌다… 월영시가 원래 도시괴담이 좀 많은 곳이 래."

조대현은 모자를 고쳐 쓰며 말했다. 그는 키는 작은 데 비해 머리는 커서 모자를 고쳐 써야 할 때가 많다.

"도시괴담이라면 별 게 다 있는데, 요즘 이런 데서 유명한 건 장기 빼가는 사람 아닌가?"

조대현이 말했다. 나도 무슨 말인지 알고 있었다. 자칫했으면 나도 온몸이 분해된 채 외국으로 보내졌을지 모른다.

"그런데 이게 뭐가 이상하다는 거야?"

"조금 이상한 게 있지. 너는 장기매매에서 제일 중요한 게 뭐라고 생각해?"

"의사 아니야?"

사람 몸에서 장기를 빼내거나 이식할 때는 매우 솜씨가 좋은 의사가 필요하다. 불법으로 장기를 빼낼 의사를 구하는 방법은 여러 가지가 있겠지만, 보통 병원이랑 비밀 계약을 맺고 기증자를 환자로 위장시켜 입원시키거나 의료사고 등으로 그만두게 된 의사를 채용하는 방법을 쓸 거다.

"그래, 의사지."

"김도섭은 뭘 하는 사람이지?"

조대현이 물었다.

"중국, 홍콩 등을 오가면서 옥 제품 거래를 주로 한다고 하네."

이근수나 홍재훈이 거짓말을 하는 거라면 모르겠는데, 그들에게 김도섭을 죽일 동기가 있을까 하는 생각이 들었다. 김도섭은 사업가인 만큼 이래저래 적이 많을 수 있지만, 그렇다 해도 살인으로 이어질 정도일지는 판단하기 어려웠다.

"김도섭이 다루는 물건이 옥 말고 또 있어?"

조대현이 물었다.

"예전에는 중국에서 식재료 납품하는 일을 했대. 우리나라에도 중국인이 많으니까."

탐정 일을 시작한 이후로 밀수에 손을 대는 사람들을 꽤 많이 봐왔다. 김도섭은 어떤 사람이었을까?

"그거라면 벌써 알아봤는데, 그가 이상할 정도로 큰 병원

의사들과 자주 연락한 기록이 있었습니다. 그 때문에 정말로 장기매매를 하는 사람들이랑 관련이 있나 하는 의혹도 있었죠. 가난한 사람들은 워낙 급하니까 자기 장기까지 다 팔거든요."

장기기증은 다른 생명을 살리기 위한 거룩한 일이지만 장기밀매는 사람을 돈으로 보는 끔찍한 일이다. 더욱이 그것을 위해 다른 사람의 생명을 해쳐야 한다는 점에서 더욱 그렇다.

나는 가게 주변을 둘러보았다. 구시가지의 먹자골목이라고는 하지만 사람이 그리 많지 않았고, 거리에도 활기가 없었다.

나는 근처를 조금 돌아보기로 했다. 그러다가 외국인을 대상으로 한 듯한 식료품점이 눈에 들어왔다. 거기서 나오던 한 노파가 눈에 띄었다. 그렇게 춥지도 않았는데, 노란 스웨터를 입고 있었다.

"젊은이."

"네?"

나는 도시괴담, 그것도 납치 및 장기매매 등에 대한 이야
기를 듣고 난 다음이라 그런지 노파의 부름이 약간 꺼려졌
다. 노파가 젊은이에게 도움을 청할 때 도와주면, 어느새 패
거리가 나타나 젊은이를 납치한다는 말 때문이었다. 그 노파
는 내 마음을 아는지 모르는지, 금방 내 앞으로 다가왔다. 손
에는 아무것도 들려 있지 않았다.

"저기 중국집에서 살인사건 난 거 알아?"

"아, 네!"

"그 피해자가 어떤 사람인지 알아?"

"사업가라고 했습니다."

"사업가 맞아. 남의 내장 빼서 팔아먹는 사업!"

"네?"

노파가 어떻게 그 사실을 알았을까. 사건의 자세한 경위는
아직 공표되지도 않았는데. 나는 의아해졌다.

"리어카 끌고 다니는 노인네를 찾아봐. 뭔가 얻을 수 있을
거야."

노파는 이렇게 말하곤 몸을 돌려 가버렸다. 나는 이상하다
는 생각이 들었다.

"윤경식!"

조대현이 나를 불렀다.

"거기서 뭐 해?"

"그냥, 탐문 중이었어."

"탐문?"

"리어카 끌고 다니는 노인을 찾아보라는데?"

"리어카?"

그때 우연의 일치인지 웬 노인이 리어카를 끌고 다니는 모습이 눈에 띄었다. 그 노파가 말한 그대로였다.

"저 어르신이라면, 뭘 보지 않았을까요?"

순간, 박 형사가 나를 쳐다보았다. 그 사람에겐 얻을 게 없을 거라는 표정이었다. 하긴 보통 형사라면 벌써 그를 알았을 것이다.

"저 사람은 좀 이상합니다."

"왜요?"

"리어카에 이것저것 물건을 싣고 다니는데, 어디에 뭘 운반하는지, 어디 사는지, 아무도 몰라요."

그 노인의 리어카에는 폐지만 잔뜩 쌓여 있는 것처럼 보였다. 나는 혹시나 해서 다가가 말을 걸었다.

"실례합니다."

"뭐야?"

노인은 생각보다 신경질적으로 말했다.

"일주일쯤 전에 여기 다니시다가 사람이 죽은 거 보셨나요?"

"사람 죽은 이야기? 죽을 때 됐으니 죽었겠지. 뭐가?"

"네? 그러면, 이 근처에 수상한 사람이 지나갔는지 보셨나 해서요?"

"여길 지나다니는 사람이 한둘인 줄 알아?"

노인은 무슨 소리냐는 듯 말했다.

"어?"

어느새 옆에 와서 있던 조대현이 재빠르게 리어카에 손을 뻗었다.

"이거, 저 가게에서 구하신 건가요?"

"그렇다."

그것을 보자, 나도 눈이 커졌다. 그것은 육형석(肉形石)이었다. 청나라 유물로 대만의 고궁박물원에 있는 전시품 중 하나다. 누가 왜 그렇게 만들었는지는 모르지만, 자연산 벽옥의 윗부분을 갈색으로 칠하고 모공까지 세밀하게 표현한

조각이다. 멀리서 보면, 정말 동파육이랑 비슷하게 생겼다. 고궁박물원 식당에서는 이와 비슷하게 생긴 요리를 팔 정도로 유명하다.

"죄송하지만 영감님, 이건 증거품이 될 수 있으니 가져가겠습니다."

박 형사가 신분증을 보이며 말했다.

"원 참, 벼룩의 간을 내먹나…. 그러시구려. 난 그저 원한이 썬 물건을 모으는 사람일 뿐이오."

노인은 상대가 형사라서 그런지 존댓말을 썼다. 박 형사랑 나는 나이 차이도 별로 나지 않는데. 그건 그렇고 원한이 썬 물건이라고 하니, 이상하다는 생각이 들었다. 노인은 잠시 후 리어카를 돌려서 가버렸다.

"저 노인이 범인일 리는 없죠?"

"이 근방에서 가끔 눈에 띕니다. 아마 그럴 리는 없을 겁니다. 자기에게 무슨 이익이 있다고 그런 짓을 하겠어요?"

실제 육형석의 크기는 어린아이 주먹 정도다. 이것을 둔기로 쓰기는 그리 좋지 않다. 거기다 고궁박물원에서 육형석 모조품을 기념품으로 팔긴 하지만, 그건 이렇게 크지는 않다. 또한 이건 돌이 아니라 수지를 굳혀서 만든 것이다. 그런데 들어보니 꽤 무거웠다.

"혹시 모르니, 김도섭의 머리에 난 상처랑 비교해보세요."

조대현이 말했다.

"이상하군요. 전에 내가 조사했을 때는 그런 게 나오지 않았는데?"

김도섭이 장기매매와 관련되었다는 정황이 몇 가지 보이긴 했지만, 결정적인 증거는 없었다. 하지만 누군가가 현장에 그 이상한 귀신 헬리콥터 스티커를 붙여놓았다면, 어쩌면 그를 고발하는 내용이 아니었을까 하는 생각이 들기도 했다.

나는 인사동에 있는 우리의 사무실로 돌아왔다. 이곳은 말만 사무실일 뿐, 사실 전통찻집 구석에 있는 작은 방이다. 이곳의 주인이 전직 형사인데 조대현에게 크게 덕을 본 적이 있어서 그 방을 사무실로 쓸 수 있도록 했다.

"여보세요. 아, 박 형사님?"

조대현이 전화를 받았다.

"아, 역시 그랬군요?"

"어떻게 됐대?"

내가 물었다.

"그 육형석 기념품이 둔기가 맞다는데?"

"그랬구나. 그런데 왜 그런 짓을 했을까? 현장에도 동파육을 차려놓고 말이야."

나는 어깨를 으쓱하고는 용의자라 할 수 있는 오진태 사장, 왕진풍 주방장, 이근수와 홍재훈을 다시 검토해보았다.

"왕진풍이란 사람이 제일 혐의가 옅지 않아?"

"원래 옅은 사람이 제일 짙을 수도 있지."

조대현은 무심하게 대답했다.

나는 계속 용의자 체크를 해보았다. 왕진풍은 대만 출신이고 딤섬을 전문적으로 배웠다고 한다. 오진태 사장의 동생인 오진영은 자신의 사업이 망한 뒤 빚더미에 올라앉았는데, 김도섭에게 도움을 청했지만 그 역시 형편이 좋지 않았다. 결국 오진영은 자신의 신장과 간을 팔아서라도 빚을 갚으려 했지만, 실패하고 자살했다.

"왜 실패했대?"

"장기중개인이 사기꾼이라 의사 중개료만 들고 튀었대."

"저런. 계속해봐."

조대현은 소파에 자신의 몸을 파묻었다. 헐렁한 코트 때문에 마치 누가 코트를 소파에 걸어놓은 것처럼 보였다.

"이근수는 월영시에서 부동산 중개업을 하고 있는데, 오진태 사장이 가게를 열었을 때도 자기가 가게 터를 봐줬다고 하네."

"홍재훈은?"

"그 사람은 환전상이야."

"여러모로 다들 관련이 있구나. 그 왕진풍이란 사람은 대만 출신이고 딤섬이 전문이었다는 점 외엔 특별한 점이 없어?"

"응. 김도섭이 대만은 물론 동남아에도 옥 거래를 하러 자주 오가긴 했는데, 그 사이에 뭔가 있었나?"

"알리바이가 둘 다 확실하다는 게, 둘이 공범이 아니라는 전제하에서 보장이 되긴 하겠지."

가게 앞에는 CCTV가 버젓이 있다. 그리고 둘이 놀라서 가게에서 뛰어나오는 모습, 오 사장이 그 근처를 지나가다가 들어가는 모습까지 정확히 찍혀 있었다.

"오 사장이 마침 그 시간대에 거기에 가 있었다는 게 좀 이상하긴 한데?"

"그거야 우연일 수 있지."

조대현은 고개를 갸우뚱했다.

"하지만 조심해야 할 거야."

조대현이 문득, 나를 보며 말했다.

"우리 일이야 늘 위험했는데, 뭐?"

"월영시가 그리 좋은 곳이 아니잖아. 도시괴담도 많고 말이야."

조대현은 철저히 이성만을 신뢰한다. 그런 그가 도시괴담 이야기를 하다니 뜻밖이었다.

"용의자 네 사람 모두, 그 가게에서 그리 멀리 떨어지지 않은 곳에서 살았고, 다들 어떻게든 외국과 관련된 일을 했으니까 김도섭과 연관성이 없을 것 같지 않은데?"

"당연한 거 아냐?"

조대현은 잠시 있다가, 나를 보았다.

"참, 너, 그 리어카 끄는 영감을 조사하자는 생각은 어떻게 한 거야?"

"어떤 할머니가 그러더라."

"웬 할머니?"

"그 중국집 근처에서 만난 할머닌데 궁금한 게 있으면 리어카 끄는 노인에게 물어보래. 그리고 요리하는 법을 좀 알아보래."

"요리하는 법?"

조대현은 잠시 생각하더니 말했다.

"그 할머니는 이번 사건을 아는 거야?"

"나야 모르지!"

나는 어깨를 으쓱했다.

"하긴, 그날 메뉴가 동파육이었다니, 만드는 법을 생각해 보면 위장이 가능하지."

"그래?"

"애거사 크리스티의 작품 중에 비슷한 방법을 쓴 게 있어. 뭔지는 이야기하기 어렵지만. 좌우간 중화요리 중에는 강한 화력이 필요한 게 많은데, 문제는 그날 내놓은 요리가 바로 동파육이란 거지. 동파육은 만드는 과정 중 튀기는 일 외에 는 강한 화력을 요하지 않고, 시간이 많이 걸려서 그렇지 오래 푹 삶으면 집에서도 만들 수 있어. 그런데 굳이 가게에 사람을 초대한 이유는 하나, 오 사장 자신의 알리바이를 확보하기 위해서였지."

"응?"

"오 사장은 일단 아침에 변장한 채 거기 가서, 우편함에 넣어둔 열쇠로 문을 열고 들어가서 밑준비만 해놓고, 화장실 창문을 통해 나온 거야. 그리고 눈에 띄지 않게 집에 돌아갔지. CCTV가 고장났다고 했지만, 그가 어떤 방식으로든 고장을 냈을 거야."

"그리고는?"

"알리바이 확보를 위해 일부러 자기 집에서 텔레비전을 보면서 동파육을 삶았겠지. 동파육을 덩어리째 삶으면 거의 네 시간, 하지만 주사위 모양으로 썰어서 삶으면 두 시간이라고 했잖아. 집에 있었다는 알리바이를 얻으려면 텔레비전 프로를 외는 수밖에 없을 거야. 그 점이 오히려 수상했지만."

"가게에 와서 핸드폰으로 티브이를 봤을 수도 있잖아?"

"핸드폰이 추적장치인 거 잊었냐?"

"맙소사."

나는 그 점을 깜빡 잊고 말았다.

"한심하기는. 아마 삶고, 튀기고, 졸이는 것까지는 자기 집에서 했을 거야. 그리고 그 고기를 들고 가게로 돌아가서 마무리로 찌는 일만 했겠지. 그 항아리에는 자기 지문이 묻지 않도록 조심했을 거야. 그리고 그게 다 됐을 때쯤 김도섭과 그 일행이 온 거야. 그리고 오 사장은 적당히 때가 됐을 때

김도섭을 화장실로 살짝 부른 뒤 범행을 저지르고, 자신은 화장실로 또 나간 거야. 변장 도구랑 흉기는 근처를 봐뒀다가 어디에 숨겼겠지. 알리바이 확보가 목적이었던 거야."

"화장실 창문이 잠겨 있었다고 하지 않았어?"

"간단하지. 이근수와 홍재훈이 시체를 발견하고 뛰어나왔다고 했을 때, 자기는 그 가게 주인이니까 들어간다고 해도 이상할 게 없잖아. 거기다 범행 현장이 화장실인데. 들어가서 살피는 척하면서 잠갔겠지. 화장실 창문에서 지문이 나온다고 해도, 그 가게 주인이니까 전혀 문제될 게 없고."

"그렇구나. 그런데 육형석이 왜 그 노인한테 있었을까?"

나는 조금 이상했다. 조대현도 그것만은 알지 못했다. 더욱이 그 노란 스웨터의 노파는 그 사실을 어떻게 알았을까.

"증거가 있을까?"

"그 육형석 모형이 둔기가 맞다면, 거기에 단서가 있을 거야. 아니면 방법이 하나 있지."

얼마 후, 오 사장은 검거되었다.

"아니, 제가 왜 동생의 친구를 죽입니까!"

"이걸 보세요. 이게 흉기입니다."

박 형사는 비닐에 싸인 모형 육형석을 들이밀며 말했다.

"그건 김도섭이 대만 갔다가 기념품이라고 동생에게 준 겁니다! 그거, 없어졌나요?"

"주방장이 벌써 말했어요. 그거, 동생분이 당신에게 준 거라고요. 그게 없어졌는데 그 말씀은 왜 하지 않으셨습니까?"

"아니, 경황이 없어서 그랬죠. 손님 중 누가 집어 갔구나 했습니다!"

"여기서 당신 지문이 나왔어요. 알고 계십니까?"

"그럴 리가 없습니다! 지문이 나오다니요!"

순간, 박 형사는 의미심장한 웃음을 지었다.

"아니, 이상하군요. 당신 가게 물건인데, 당신 지문이 나온 걸 왜 그리 이상하게 여깁니까?"

"그, 그게…."

결국, 오 사장은 자백하고 말았다.

"동파육을 이용해 알리바이를 만들 생각을 하다니, 참 대단합니다."

"김도섭 그놈이, 내 동생을 죽인 거나 마찬가집니다! 그 녀석이 소개시켜준, 그 장기매매 중개인이 사기꾼이었다고 요! 내 동생은 마지막 한푼까지 다 사기당하고 자살했단 말입니다!"

조대현과 이야기를 나눴던 장기매매 사기에 결국 오진영도 당하고 만 것이었다. 오 사장의 동생은 목돈이 필요했으나 형 역시 사정이 어렵다는 사실을 알았기 때문에, 결국 장기를 팔아서 돈을 마련하려 했다. 하지만 김도섭은 자신이 알던 사기꾼에게 그를 소개해줬고, 그 사기꾼은 의사 중개료를 들고 도망치고 말았다.

"어떻게 그 사실을 알게 되셨죠?"

박 형사가 물었다.

"모르는 전화가 왔어요. 동생이 사기당하도록 한 사람이 알고보니 김도섭이었다고요."

"그 말을 어떻게 믿습니까?"

"김도섭이 그 사람이랑 만날 예정이니 몰래 따라가보라고요. 그래서 따라가봤더니, 그 말이 맞았지 뭡니까! 어려운 친구를 사기꾼에게 넘겨버린 그 녀석을 제 손으로 없애기로…! 그 녀석이 제 동생에게 줬던 그 기념품으로 없애주겠다고 생각했어요! 보니까 동파육이랑 닮았잖아요!"

"정말, 이번에도 두 분 탐정 덕에 사건을 해결했네요."

박 형사가 나오며 말했다.

"뭘요. 간단했는데."

"사실, 그 할머니 아니었으면 해결하지 못할 뻔했어요. 결정적인 힌트를 줬으니까요."

내가 말했다.

"네? 웬 할머니요?"

나는 그 가게 앞에서 만난, 노란 스웨터의 노파에 관해 설명했다. 그 말을 듣자 박 형사는 크게 놀랐다.

"노란 스웨터의 할머니요? 맙소사, 괴담인 줄 알았는데!"

"무슨 말씀이시죠?"

"월영시의 수호신이라고 합니다. 괴이한 일이나 죄악을 막는 게 일이라는데 말이죠!"

"수호신이요?"

나나 조대현이 듣기에는 황당하기만 했다. 박 형사와 헤어진 후, 갑자기 조대현이 물었다.

"그 할머니가 정말 수호신인지는 몰라도, 힘이 그리 세진 않은 모양이네. 월영시에 불길한 일이 많으니까. 그런데, 좀 이상하지 않아?"

조대현이 물었다.

"응?"

"그 스티커, 누가 붙인 걸까?"

"오 사장이 붙이지 않았을까?"

"아니, 왜?"

조대현은 무슨 말을 하냐는 얼굴로 나를 보았다.

"오 사장은 자기 동생이 장기를 팔려다 사기당하고 죽었는데, 그런 스티커를 붙여놓았겠어? 손님 중 누가 붙였다고 해도 자기가 떼었겠지."

"듣고보니 그렇네?"

"하지만 그 스티커 전화번호로 걸어보니까 그 사기꾼들이랑 연락이 됐대. 그래서 경찰이 그 사람들도 잡았고."

"잘됐네. 어쩌면, 그 수호신이라는 할머니가 붙인 게 아닐까?"

"그럴지도."

조대현은 씩 웃었다.

"그런데 누가 오 사장에게 그 이야기를 해줬을까?"

나는 조금 이상하다는 생각이 들었다.

"오 사장? 그건 나도 모르겠어. 그런데 아무래도 좋은 의도로 그런 것 같지는 않네."

조대현은 담담한 목소리로 말했지만, 그가 뭔가 좋지 않은 느낌을 갖고 있다는 사실을 나도 짐작할 수 있었다. 어쩌면 누군가가 오 사장이 살인을 저지르도록 일부러 그를 부추겼는지도 모른다.

그게 누구인지, 조대현 역시 나와 비슷한 생각을 하고 있는 것 같았다.

풀 스로틀[*]
full throttle

한이

* 액셀 페달을 끝까지 밟아서 최고 마력을 내는 상태를 말한다.

1

  조승희가 그것을 발견한 날은 2주밖에 되지 않는 짧은 방학의 마지막 수요일이었다.

  학원 다녀오는 길에 스마트폰으로 웹툰을 보면서 걷고 있는데 무엇인가가 발끝에 부딪혔다. 승희는 스마트폰을 주머니에 넣고 달걀 정도 크기의 검은색 물건을 집어 들었다. 자동차 리모컨 키였다. 접합부가 떨어졌는지 검은색 절연 테이프로 둘둘 말아놓았고, 그것도 모자라 노란색 고무밴드까지 감겨 있었다. 폴딩 키 부분은 아예 밖으로 튀어나와 있었다.

혹시라도 떨어뜨린 사람이 있을까 싶어 골목을 둘러보았다.

아무도 없었다.

오히려 기묘한 적막감마저 느껴졌다.

리모컨 키를 이리저리 돌려보니 희미하게 N을 형상화한 엠블럼이 보였다.

승희는 주변에 엠블럼에 해당하는 차가 있는지 둘러보았다. 담벼락 쪽으로 일렬 주차한 아반떼 한 대가 보였지만 낡은 리모컨 키에 비해 신차처럼 보였다. 혹시나 하는 마음으로 버튼을 이것저것 눌러보았지만 아무런 반응이 없었다. 차가 수신 범위 안에 없든지 버튼이 고장난 것 같았다.

한낮의 골목은 여전히 아무런 기척이 없었다.

운전석 쪽 문에 키를 꽂으려는 순간, 범퍼 밑에서 무엇인가가 후다닥 튀어나왔다. 승희는 소스라치게 놀라 얼른 차에서 떨어졌다. 삼색 고양이 한 마리가 담벼락을 뛰어넘어 사라졌다. 차 밑에서 낮잠을 자다가 승희 때문에 놀란 모양이었다.

쿵쾅거리는 가슴을 진정시키며 다시 한 번 키를 꽂았다.

들어가지 않았다.

열쇠가 맞는다고 해서 특별히 무엇인가를 할 생각은 없었다. 그저 가벼운 호기심이었다.

승희는 리모컨 키를 손바닥에 올려놓고 한참을 내려다보았다. 그냥 원래 주웠던 곳에 놓고 가는 것이 가장 좋은 해결책이었다. 그러면 잃어버린 주인이 지났던 길을 되짚어 와서 찾아갈 수도 있을 것이다. 아니면 경찰서에 갖다주는 방법도 있다.

'도둑질하지 말라.'

습관처럼 아버지의 목소리가 들려왔다.

승희는 리모컨 키를 주머니에 넣었다.

2

형제카센터.

간판은 군데군데 칠이 벗겨져 있었고, 오른쪽으로 비뚜름하게 내려앉아 있었다. 한 블록 전에 공식 A/S센터가 있었지만, 어딘지 모르게 꺼림칙해서 일부러 개인이 하는 허름한 곳을 찾았다.

승희는 마른침을 삼키며 안으로 들어갔다.

작업복을 입은 뚱뚱한 남자가 뚜껑이 열린 보닛 안쪽으로 상체를 숙이고 있었다.

승희가 몇 번을 부르자 그제야 귀에서 블루투스 이어폰을 빼면서 몸을 돌렸다. 불룩한 아랫배 부분이 유난히 시커멓게 변색되어 있었다. 승희를 확인한 남자의 눈에 노골적으로 귀찮다는 감정이 떠올랐다.

"이거 수리되나요?"

승희는 아버지가 고쳐 오라고 시켰다면서 리모컨 키를 내밀었다.

카센터 남자는 대충 훑어보고 되돌려주었다.

"6만 원."

"그렇게 비싸요?"

"아예 새로 바꿔야 돼. 그걸로 끝나는 게 아니라 컴퓨터로 이것저것 잡아줘야 하니까 공임이 들지."

대답을 마친 카센터 남자는 이어폰을 다시 귀에 꽂았다.

"저, 저기요!"

승희가 다급하게 남자를 제지했다.

"뭐?"

"근데 이거 차종이 뭐예요?"

"넌 네 아빠 차도 몰라?"

카센터 남자가 의심스럽다는 듯 물었다.

"까, 깜박했어요. 안녕히 계세요."

황급히 고개를 숙인 승희는 잰걸음으로 카센터를 빠져나
왔다. 금방이라도 남자가 뒷덜미를 잡아챌 것 같았다.

"학생!"

남자가 큰소리로 승희를 불렀다. 승희의 발걸음이 더 다급
해졌다.

"어이! 학생!"

어느새 다가온 남자가 승희의 백팩을 낚아챘다.

"그, 그게 아니라요."

"아마 i30일 거야."

"네?"

"아빠 차 말이야. 출고 때 같이 나온 순정품인 것 같으니까
한 10년은 됐겠다."

"가, 감사합니다."

"리모컨 키는 다이소나 철물점 가서 수은건전지 사서 한번
갈아봐. 그래도 안 되면 가져오고."

긴장이 풀린 승희는 긍정인형처럼 고개를 끄덕였다.

"지금쯤이면 여기저기 고장 많이 날 거야. 수리할 일 있으면 꼭 찾아오시라고 전해라."

그 말을 끝으로 남자는 작업복 주머니에서 명함을 꺼내 승희의 손에 쥐어주었다.

3

카센터 남자의 말대로 철물점에서 둥그렇고 납작한 수은 건전지를 사서 갈아끼우고 다시 절연테이프를 감았다. 제대로 작동하는지 확인하고 싶었지만 수신 범위 안에 차가 없으면 불가능한 일이었다.

승희는 저녁으로 편의점에서 사온 도시락을 데워서 먹고 빈 통은 깨끗이 씻어 분리수거함에 넣었다.

어머니는 재작년에 돌아가셨고, 아버지는 거의 매일 늦게 들어왔다.

소파에 누워 텔레비전 채널을 이리저리 돌려보았지만 흥미를 끄는 방송은 없었다. 뉴스 채널에서는 당장이라도 전쟁이 일어날 것처럼 긴박한 목소리로 떠들고 있었지만 실상은 매일 반복되는 일들뿐이었다. 그나마 흥미를 끄는 뉴스는 월영시에서 다섯 건의 부녀자 연쇄살인을 저지른 범인이 잡혀서 현장 검증을 앞두고 있다는 것 정도였다. 월영시에 그 정도 일은 비일비재했다.

유튜브로 '초보 운전 탈출 비법', 'i30 운전법', '좁은 골목길 주행법' 등의 동영상을 보다 잠이 들었다.

"들어가 자라."

아버지가 깨워서 시계를 보니 11시가 넘은 시각이었다.

늦은 시간이었지만 아버지는 완벽한 모습이었다. 아버지는 평범한 외모의 승희와는 다르게 훤칠한 키에, 한 번 들으면 누구라도 반할 만한 매력적인 중저음의 목소리를 갖고 있었다. 오늘도 베이비블루 수트에 화이트 셔츠를 받쳐 입어서 오십대의 나이로는 보이지 않았다.

승희는 작게 대답하고 제 방으로 들어갔다. 어머니가 돌아가신 후로 두 사람의 대화는 하루에 꼭 필요한 서너 마디를 넘지 않았다. 어떤 때는 그마저도 생략할 때가 많았다.

침대에 누운 승희는 새벽 1시 반으로 알람을 맞춰놓은 스마트폰을 베개에 넣고 잠이 들었다.

알람으로 설정해놓은 노랫소리가 나오자마자 깨어나 해제

버튼을 눌렀다. 반바지에 티셔츠, 모자를 눌러쓰고 캄캄한 거실을 지나 현관문을 열고 밖으로 나왔다. 에어컨으로 서늘했던 집안과는 다르게 8월의 밤공기는 후텁지근했다. 이제는 일상이 된 마스크를 쓰고 아파트를 나섰다. 요즘은 마스크를 써도 아무도 이상하게 보지 않는다는 것이 다행이었다.

혹시나 하는 마음에 아파트 주차장에서부터 리모컨 키를 꺼내 버튼을 눌러보았다.

역시 아무런 소리도 들리지 않는다.

승희는 키를 주운 골목까지 거슬러 가면서 버튼을 눌러댔다. 한참을 그렇게 걸었지만 기대했던 소리는 들리지 않았다. 1시간 가까이 그렇게 헤매고 다니자 스스로가 한심하게 느껴지기 시작했다.

찰칵.

처음에는 잘못 들은 줄 알았다. 너무나 간절히 듣고 싶었던 소리였기 때문에 환청이 들린 것이다.

절연테이프를 뜯고 건전지를 갈 때 알았는데, i30의 리모컨 키는 버튼이 세 가지였다. 제일 위가 도어 잠금, 가운데가 테일게이트 열림, 아래가 도어 열림 버튼이었다.

잠금 버튼을 눌렀다.

찰칵하는 소리가 분명히 들렸다.

승희는 귀를 쫑긋 세우고 방향을 가늠했다.

다시 찰칵.

낙원빌라.

필로티공법으로 세워진 1층 주차장을 돌아 작은 화단 옆, 먼지를 뒤집어쓴 회색 i30가 있었다.

4

'도둑질하지 말라. 네 이웃의 소유를 탐내지 말라.'

아직 훔친 것은 아무것도 없었다. 오히려 차 밑에 리모컨 키를 떨어뜨려 놓으면 주인이 자연스럽게 발견하게 될 것이다. 도둑질이 아니라 선행을 베푸는 것이다.

달칵.

차문을 잡아당기자 부드럽게 열렸다.

승희는 재빨리 운전석으로 들어가 조심스럽게 문을 닫았다. 실내등이 꺼지기를 기다려 스마트폰 전등을 켰다. 불빛이 새어나가지 않도록 조심하면서 차 안을 살폈다.

풀 스로틀

뒷좌석에 아이용 카시트가 채워져 있었고, 군데군데 시트가 닳아서 누런 솜이 드러나 있었다. 한동안 운행을 안 했는지 대시보드에 먼지가 부옇게 앉아 있었다. 송풍구 앞에 핸드폰 거치대가 설치되어 있었다.

운전석 아래쪽을 더듬거려 좌석 간격을 조정하고 발을 뻗어보았다. 차주가 승희와 체격이 비슷한지 크게 조정하지 않아도 오른발이 브레이크 페달과 가속 페달에 자연스럽게 닿았다. 양손으로 핸들을 잡았다. 가죽의 감촉이 부드럽게 손바닥에 감겼다.

승희는 숨을 깊이 들이마셨다. 언젠가 맡아본 것 같은 달짝지근한 방향제 냄새가 났다.

시동 스위치에 키를 꽂고 돌렸다.

그륵, 그륵, 그르륵.

기력이 다한 노인의 밭은 숨처럼 힘겨운 소리가 났다. 그리고 마침내 다시 생명을 얻은 엔진이 부들거리며 깨어났다.

라디오 버튼을 눌렀다.

심야방송을 하는 디제이가 나른한 목소리로 알 수 없는 팝송을 소개했다.

양손으로 핸들을 잡았다. 10시와 2시 방향. 주행 시 가장 안전한 손의 방향. 급박한 상황에서도 능숙하게 대처할 수 있다.

브레이크를 밟고 기어를 N에 놓았다.

살짝 가속 페달을 밟았다.

엔진 회전수가 올라가면서 심장이 쿵쾅거렸다.

라이트를 켰다.

어둠이 날카로운 빛에 갈라졌다.

'빛이 있으라 하시매 빛이 있었다.'

5

아침에 일어난 승희는 자신이 몽정한 것을 깨달았다. 아버지는 출근하고 없었다. 샤워를 하면서 축축한 팬티를 빨아 베란다에 널었다. 몇 시간 전에 있었던 일이 꿈처럼 느껴졌다. 하지만 책상 위에 버젓이 놓여 있는 검은색 리모컨 키가 꿈이 아니라는 것을 증명하고 있었다. 시동을 걸고 별다른 일은 없었다. 엔진소리가 잦아들기를 기다리며 가만히 앉아 있었을 뿐이었다.

쉭, 쉭, 쉭, 쉭.

아직도 귓가에 그 소리가 울렸다.

학원에서도 선생님의 목소리는 하나도 들리지 않았다. 바지 주머니 속에서 날카롭게 찌르고 있는 접히지 않은 폴딩 키의 감촉만 선명했다. 주머니에 손을 넣어 엄지손가락으로 꾹꾹 눌렀다.

학원을 마치고 돌아가는 길, i30를 다시 찾았다.

익숙한 골목이 가까워질수록 심장이 요동치고 있었다. 자신이 얼마나 미친 짓을 했는지 새삼 깨달았다. 엔진소리를 듣고 누군가가 나올 수도 있었고, 운전석에 앉아봤으면 시트 위치가 달라져 있다는 것을 느꼈을 것이다. 어쩌면 CCTV를 보고 이미 신고가 들어갔는지도 몰랐다.

예전에 충동적으로 모과를 훔쳤을 때가 떠올랐다. 초등학교 2학년 때라 모과가 무엇인지도 모를 때였다. 그저 지나가던 과일가게 주인이 한눈을 팔고 있었고, 아무 생각 없이 바깥에 진열된 모과를 들고 뛰었을 뿐이었다. 한참을 뛰어가 어느 집 담벼락에 기대 훔친 과일을 한입 베어 물었다. 냄새만 향긋했을 뿐, 도저히 먹을 수 있는 맛이 아니었다. 삶은 감처럼 이빨 사이에서 퍼석거렸다. 몇 번 억지로 먹어보다가 낯선 집의 음식물쓰레기통에 던져버렸다.

어머니의 단골 과일가게였던지라 승희의 일탈은 금세 들통이 나고 말았다.

'초달을 차마 못하는 자는 그 자식을 미워함이라. 자식을 사랑하는 자는 근실히 징계하느니라.'

아버지의 가죽벨트가 몸을 내려칠 때마다 승희는 '초달'이 무슨 뜻인지도 모르면서 이 문장을 큰소리로 외쳐야 했다.

만약 i30의 주인이 지난밤의 일을 눈치챘다면 차를 다른 곳으로 움직였을 것이다. 그렇지 않다면 차 밑에 리모컨 키를 살짝 놓고 올 생각이었다.

낙원빌라가 보이자 귀에 피가 몰리면서 이명이 울렸다.

모퉁이를 돌아가자 i30가 그 자리에 있었다.

낮에 본 i30는 더 초라해 보였다. 앞범퍼에는 긁힌 자국이 있었고, 보닛 위에는 새똥이 묻어 있었다. 날카로운 못으로 긁힌 것 같은 문의 흠은 녹이 슬어 있었다. 차체에는 부옇게 먼지가 쌓여 있었다.

승희는 주변을 둘러보았다.

중국집 배달 오토바이가 요란한 소리를 내며 지나갔다. 오토바이 소리가 멀어지자 주머니에서 리모컨 키를 꺼내 운전석 문 밑에 떨어뜨리고 발로 슬쩍 밀어넣었다. 그때 어제 i30 안에서 맡았던 익숙한 냄새가 무엇인지 떠올랐다. 그것은 달달한 모과 냄새였다.

승희는 무릎을 꿇고 리모컨 키를 주워 서둘러 그곳을 벗어났다.

6

배달시킨 떡볶이를 먹으면서 텔레비전을 틀었다.

긴급 편성된 시사 프로그램에서는 이번에 체포된 월영시의 연쇄살인범에 대해서 다루고 있었다. 여러 프로그램에서 얼굴을 비친 프로파일러, 심리학자들이 나와서 살인범의 심리에 대해서 다양한 해석을 내놓고 있었다.

연쇄살인범 강현길은 2년 전부터 월영시의 버려진 재개발 단지에 숨어 살면서 최소한 5명의 부녀자를 납치 살해한 다음, 잔혹하게 난도질한 시체를 구터널 입구, 호수공원, 저수지 등에 유기한 혐의를 받고 있었다. 그중에는 유명 목사의 아내, 두 살배기 아이의 엄마, 결혼을 앞둔 예비신부 등이 포

함되어 있어 사회의 공분을 샀다.

사회자는 여러 코미디 프로그램에서 패러디된 특유의 톤으로 경찰의 무능을 꼬집고 있었다. 강현길의 체포에 결정적인 역할을 한 것이, 재개발 단지에서 이주한 후 끊어진 줄 알았던 전기세가 계속 청구되는 것에 항의한 주민의 신고였기 때문이었다.

프로그램은 유족에 대한 인터뷰로 이어졌다. 가장 최근에 아내가 살해된 남편이 인터뷰 대상이었다. 집에서 인터뷰를 했는지 여자아이가 아빠의 무릎에서 잠들어 있었다. 얼굴이 모자이크되어 표정을 볼 수는 없어도 아내를 잃은 남자의 분노와 슬픔이 느껴졌다.

화면이 바뀌고 모자이크된 교회 이름과 함께 유명 목사와의 인터뷰가 계속되었다.

"늦게까지 교회에 남아 일을 보던 아내분이 첫 번째 희생자가 되셨는데요, 아내의 죽음 직후에 살인자를 용서하신다는 말씀 때문에 많은 이슈가 있었습니다. 범인이 체포된 지금도 그 생각은 변함이 없으신가요?"

"그렇습니다. 단지 아내는 천국에서 할 일이 더 많았을 뿐입니다."

목사가 부드러운 목소리로 대답했다.

"혹자는 그 발언 이후, 교세가 급성장한 것을 지적하면서 일종의 퍼포먼스가 아닌가 의심하는 사람도 있습니다만⋯."

"의심은 거짓의 아비인 사탄의 자식들이 하는 것이지요. 예수님께서는 '계속해서 원수를 사랑하고 여러분을 미워하는 사람에게 선을 행하고 여러분을 저주하는 사람을 축복하고 여러분을 모욕하는 사람을 위해 기도하십시오'라고 말씀하셨습니다. 저는 미약하지만 그분의 가르침을 따르려고 노력할 뿐입니다."

목소리의 배경으로 설교단에 서 있는 목사와 열광하는 수백 명의 신도들 모습이 화면을 채웠다.

승희는 텔레비전 화면을 다른 채널로 돌렸다.

7

새벽 1시가 되자 알람이 울리기도 전에 눈이 떠졌다. 승희는 어제와 같은 차림으로 집을 나섰다. 이제는 차를 찾아가는 길이 익숙했다.

주위를 한 번 둘러본 후 운전석에 앉았다. 어제 이후로 아무도 타지 않은 것이 확실했다. 운전석 시트 위치가 승희가 조절해놓은 그대로였다. 안전벨트를 매고 시동을 켰다. 버튼을 눌러 접혔던 사이드미러를 펼쳤다. 마치 전투기가 날개를 펼치는 것 같았다. 룸미러를 조절했다. 야구모자를 쓰고 검은색 마스크를 쓴 승희의 얼굴이 비쳤다. 마스크를 통해 내뿜는 숨이 거칠었다.

예전에 딱 한 번 운전을 해본 적이 있었다.

시골에 있는 외삼촌 집에 갔을 때였다. 어머니가 살아계셨던 마지막 여름방학 때였다. 장난기가 많은 삼촌은 택지를 조성해놓은 공터에서 방학 동안 조카에게 운전 연습을 시켜준다며 핸들을 맡겼고, 나중에 어머니에게 들켜 등짝을 맞았다.

주차 브레이크를 풀고 가속 페달을 살살 밟았다. 자동변속기라 기어 조작이 힘들지 않았다. 낙원빌라를 돌아 골목길로 들어섰다. 브레이크를 밟으면서 천천히 골목을 한 바퀴 돌았다. 핸들을 잡은 손이 땀에 젖어 축축했다.

골목을 두 번 정도 돌자 핸들 조작이 어느 정도 익숙해졌다. 도로로 나와 구시가지 쪽으로 방향을 잡았다.

새벽 도로는 한산했다. 특히 재개발 주택단지 방향으로 이

동하는 차량은 거의 보이지 않았다. 승희는 서서히 i30의 속도를 높였다. 재수 없으면 음주단속하는 경찰에게 걸릴 수도 있겠지만, 월영시의 경찰이 그렇게까지 부지런할 것 같지는 않았다.

모텔이 즐비한 곳을 지나자 24시간 운영하는 드라이브스루 햄버거가게가 보였다. 승희는 버거세트를 주문하고, ㄷ자형으로 꺾인 화살표를 따라 계산대 앞으로 이동했다. 떨리는 손으로 점원에게 현금을 건네고 햄버거가 든 봉투를 받았다. 카드를 사용하면 아버지에게 내역이 들어가기 때문에 현금을 챙겨 나왔다. 혹시라도 의심하는 눈치가 보이는지 힐끗거렸지만, 그런 기색은 없었다. 그저 마스크를 쓰고 햄버거를 사러 온 손님일 뿐이었다.

안도의 한숨과 함께 조수석에 햄버거를 던져놓고 재개발주택단지로 차를 몰았다.

'믿음의 방주로 오라'는 문구가 쓰인 커다란 플래카드가 걸려 있는 교회를 지나 좌회전하니 가로등 불빛 하나 없이 을씨년스러운 재개발단지가 나타났다. 핵전쟁 이후 파멸된 도시 같았다. 입구에 출입금지 팻말이 있기는 했지만 제 기능을 상실한 지 오래였다. 승희는 단지 안쪽으로 차를 몰았다. 부서진 콘크리트 잔해가 군데군데 더미로 쌓여 있었고, 아직 버티고 서 있는 낡은 집들에도 붉은색 페인트로 X자가 그려져 있었다. 천으로 펜스를 쳐놓은 곳에는 온갖 저주의 말들이 쓰여 있었다.

승희는 재개발 주택단지 안쪽에 차를 세웠다.

온몸이 땀에 젖어 있었고, 그제야 에어컨도 틀지 않았다는 사실을 깨달았다. 에어컨 버튼을 누르고 온도를 18도에 맞췄다. 시원한 바람을 맞으며 햄버거를 먹었다. 콜라는 얼음이 녹아 밍밍했지만 햄버거는 기가 막히게 맛있었다.

다 먹은 쓰레기는 펜스 안쪽으로 던져버리고 차를 출발시켰다. 돌아올 때는 거치대에 스마트폰을 걸고 미리 깔아둔 내비게이션 프로그램을 실행시켰다. 과속 카메라가 없는 곳에서 충분히 속도를 내보기 위해서였다. 오래된 차였지만 140킬로미터까지 무난하게 속도를 올릴 수 있었다. 오히려 달릴 수 있어 즐겁다는 듯 엔진소리가 차분하게 가라앉았다.

쉭, 쉭, 쉭, 쉭, 쉭.

열어둔 창문으로 들어오는 후텁지근한 바람이 규칙적인 소리를 냈다.

승희는 차를 돌려놓기 전 셀프주유소에서 휘발유를 가득

채워 넣었다.

8

금요일, 승희는 학원을 쉬었다.

아버지는 새벽부터 나가고 없었다.

속이 좋지 않아 아침은 걸렀다. 출퇴근시간이 지날 즈음, 낙원빌라로 향했다. i30는 새벽에 주차해둔 그대로였다.

이제는 익숙하게 차를 움직여 골목을 빠져나왔다.

에어컨을 틀고, 라디오 버튼을 눌렀다.

오래된 남자 디제이가 시답잖은 사연을 읽어주고 있었다. 디제이는 그런 사연에 대한 보답으로 커피쿠폰 같은 것을 보내주었다.

볼륨을 줄이고, 에어컨 바람을 키웠다.

오전인데도 바깥 날씨는 35도를 넘어가고 있었다.

턱밑으로 땀이 뚝뚝 떨어졌다.

방주교회 근처에 차를 세우고 기다렸다. 재개발단지로 들어가기 위해서는 반드시 이 길목을 지나갈 수밖에 없었다.

평소라면 사람들로 득실거렸을 교회가 오늘따라 조용했다. 평일이라 한산한 모양이었다.

갈증이 심했지만 참았다. 자칫 오줌을 누러 간 사이에 놓치는 일이 있어서는 안 되었다.

에어컨 바람을 아무리 키워도 달궈진 차체는 식을 줄 몰랐다. 아스팔트는 아지랑이처럼 지열을 뿜어내고 있었다.

라디오 디제이가 여자 아이돌로 바뀌었을 즈음, 기다리던 차량 행렬이 사이드미러에 나타났다. 승합차와 방송국 로고가 적힌 차량이었다. 승희는 그들이 재개발단지 안으로 사라지는 것을 바라보면서 라디오를 껐다. 대신 거치대에 걸린 스마트폰으로 실시간 뉴스를 진행하는 채널을 틀었다.

한참을 돌리자 원하는 채널이 나왔다. 카메라는 황량한 콘크리트더미를 훑고 나서 군데군데 부서진 이층 단독주택을 비췄다. 부서진 대문 앞으로 안경을 쓴 여기자가 걸어 들어오더니 멘트를 이었다.

"지금 이곳은 연쇄살인범 강현길의 첫 번째 현장검증이 이뤄질 월영시입니다. 강현길은 아직 모습을 드러내지 않았습니다만, 바로 이곳 사람의 눈길이 닿지 않는 재개발단지에 숨어 살면서 잔혹한 범행을 이어왔습니다. 아, 지금 범인이 차에서 내리고 있습니다!"

승희는 가속 페달을 밟았다.

부우웅.

회전율이 급격하게 높아진 엔진이 굉음을 냈다. 하지만 생각보다 앞으로 많이 나가지 않았다. 당황한 승희는 좌우를 두리번거리다 주차 브레이크를 풀지 않았다는 사실을 깨달았다.

달각.

주차 브레이크를 풀자 i30가 광포한 짐승처럼 튀어나갔다.

알피엠 바늘이 치솟으며 순식간에 속도가 80킬로미터까지 올라갔다. 간신히 핸들을 꺾어 ㄱ자 방향으로 틀었다.

"마스크를 쓰고 있는 강현길이 형사의 부축을…"

신호를 무시하고 좌회전을 하는 바람에 마주 오던 벤츠가 춤을 추었다.

빠아앙-!

경적소리와 욕설이 빗발쳤지만 승희의 귀에는 들리지 않았다.

"아, 갑작스러운 상황입니다. 어디선가 합창소리가 들리는데요. 차, 찬송가입니다!"

당황한 여기자의 목소리와 함께 카메라가 이곳저곳을 급박하게 훑었다. 단독주택 뒤편에서 예수님은 사랑입니다, 원수를 사랑하라 등의 팻말을 든 사람들이 노래를 부르며 나타났다. 흰 수트를 입은 목사가 자애로운 미소를 띠며 앞장서고 있었다.

승희는 무엇인가 예상 밖의 일이 생겼다는 것은 느꼈지만 상황을 정확하게 인지하기에는 너무 급박했다. 재개발단지 펜스 안으로 들어가기 위해서는 70미터 앞에서 우회전을 해야 했다.

90킬로미터.

속도가 너무 빨랐다.

이 정도 속도라면 우회전하기 전에 차가 뒤집어지고 말 것이다. 승희는 속도를 줄이기 위해서 가속 페달에서 발을 뗐다.

속도가 줄어들지 않았다.

브레이크 페달을 밟아도 마찬가지였다.

우회전까지 10미터.

100킬로미터.

승희는 핸들을 잡고 조수석 쪽으로 힘껏 틀었다.

굉렬한 타이어 마찰음과 함께 i30가 제어력을 잃고 철제 펜스에 부딪혔다. 왼쪽 테일 라이트와 함께 뒤범퍼가 떨어져 나갔다. 승희는 핸들을 반대로 돌렸다. 조수석 문짝이 철제 골조와 충돌하며 사이드미러가 부러져 너덜거렸다.

입안을 깨물었는지 비릿한 쇠맛이 느껴졌다.

스마트폰이 거치대에서 튕겨 나왔다.

"목사가… 살인범을… 끌어안고 있… 형사들이… 그런데 이게 무슨 소리…."

조수석 바닥에 떨어진 스마트폰 스피커에서 여기자가 다급한 소리로 외쳐댔다. 화면에 철제 펜스 사이를 질주하는 i30의 모습이 정면으로 비춰졌다.

9

i30는 완전히 승희의 통제를 벗어났다.

핸들이 제멋대로 움직였고 브레이크 페달은 먹통이었다. 오직 가속 페달만 제대로 작동하고 있었다.

120… 130… 140킬로미터.

KTX를 탄 것처럼 철제 펜스가 순식간에 스쳐 지나갔다.

정면에서 카메라를 들고 있던 남자가 첫 번째 희생자였다. 남자는 범퍼에 부딪히며 앞유리창을 때리고 뒤로 넘어갔다. 날아간 카메라가 바닥에 떨어지며 박살이 나는 모습이 그대로 방송에 전송되었다. 안경을 쓴 여기자를 너덜거리는 사이드미러가 아슬아슬하게 스치고 지나갔다. 쓰러진 여기자는 넋이 나간 채 바닥을 기어 펜스 안으로 들어가려고 기를 썼다.

정면에 살인범과 목사가 보였다.

두 사람 다 어둠 속에서 갑작스런 빛에 노출된 야생 짐승처럼 굳어 있었다.

콰앙!

i30가 형사들이 타고 온 스타렉스를 들이받았다. 스타렉스가 옆으로 밀려났지만 i30가 뚫고 지나가기에는 역부족이었다. 살인범의 얼굴을 보자 승희의 눈에도 핏발이 곤두섰다. 가속 페달을 전력으로 밟아댔다. 엔진이 터질 듯한 굉음을 내며 스타렉스를 밀어냈다. 하지만 중량 차이 때문에 i30가 통과할 만큼 틈이 벌어지지 않았다.

승희는 기어를 후진으로 바꾸고 가속 페달을 바닥까지 밟았다.

10여 미터를 후진한 i30가 전속력으로 돌진해 스타렉스와 충돌했다.

충격에 의해 앞범퍼와 보닛이 움푹 들어오면서 핸들이 승희의 복부에 박혔다. 갈비뼈가 부서지면서 피가 뿜어져 나와 금이 간 앞유리창에 튀었다. 다리를 움직이려고 해도 마음대로 움직이지 않았다.

바로 앞에 살인범이 있었다.

몇 미터만 더 가면 놈을 박살낼 수 있었다.

강간당하고 47군데나 찔려 죽은 어머니의 복수를 할 수 있었다.

척추가 부서졌는지 다리가 움직이지 않았다.

"우아아아!"

승희는 상처 입은 짐승처럼 울부짖었다.

그때 i30가 기어를 R로 바꾸고 20미터를 후진했다. 그리고 기어가 D로 바뀌더니 굉음을 내며 질주했다. 힐끗 가속 페달을 내려다보았다. 오른발이 다른 곳에서 덜렁거리고 있음에도 불구하고 가속 페달은 바닥까지 닿아 있었다.

그것을 확인한 승희가 흐릿한 미소를 지었다.

괴이한 미스터리

전속력으로 달려든 i30가 스타렉스를 들이받으면서 보닛이 운전석 절반 가까이 파고들었고, 밀려든 운전대는 승희의 척추를 완전히 동강내버렸다. 하지만 마침내 i30가 바리케이드를 뚫고 살인범과 목사를 들이받았다. 두 사람의 무릎이 박살나면서 차 밑으로 깔려 들어갔다.

퍼억!

수박이 터지는 것 같은 소리와 함께 살인범의 머리가 앞바퀴 밑에서 으스러졌다. 뒷바퀴는 목사의 가슴을 뭉개고 지나갔다.

i30는 타이어로 살인범의 뇌수를 치덕거리며 한참을 더 가, 콘크리트더미를 들이받고서야 간신히 멈춰 섰다.

승희가 마지막 숨을 내뱉고 나서도 i30의 엔진은 살아 있었다.

그륵, 그륵, 그륵.

10

– 당신의 i30 차량이 조승희의 범행에 사용된 것에 대해 어

떻게 생각하십니까?

- 저는 모르는 일입니다.

- 조승희의 어머니와 당신의 아내 모두 강현길의 피해자라는 사실이 우연이란 말입니까?

- 저는 한 번도 다른 피해자를 만난 일도 없고, 조승희 학생을 본 적은 더더욱 없습니다.

- 그럼 이제 중3인 조승희가 당신 차량의 리모컨 키를 갖고 있었던 일을 어떻게 설명하겠습니까? 당신이 준 것 아닙니까? 아니면, 우연히 줍기라도 했단 말입니까?

- 모르겠습니다. 리모컨 키는 늘 아내가 갖고 다녔는데 사건 후 유류품에 없어서 어딘가에 처박혀 있나보다 했습니다.

- 본인 차가 없어진 것은 언제 알았습니까?

- 형사님 연락이 오고서야 알았습니다. 그 일이 있은 후, 폐차시키자니 아내를 다시 한 번 죽이는 것 같아서 나중에 중고로 팔까 하고 일주일에 한 번 정도 시동만 걸어줬을 뿐입니다. 아내가 직장 생활하면서 처음으로 산 차라 보통 애지중지한 것이 아니었거든요. 어떤 때는 사람에게 하듯이 말을 걸곤 해서 놀렸을 정도였어요.

기획 후기

김선민·괴이학회 회장

《괴이한 미스터리》는 한국추리문학의 전통을 이어온 한국
추리작가협회와 괴담·호러 콘텐츠의 부흥을 위해 만들어진
괴이학회의 콜라보로 이루어졌습니다. 본래 미스터리, 추리,
호러는 떼려야 뗄 수 없는 관계이기에 괴이학회와 한국추리
작가협회의 콜라보는 큰 시너지를 만들어낼 수 있을 것이라
생각했습니다.

더불어 《계간 미스터리》를 리뉴얼하여 새롭게 발간하게 될
스토리 전문 출판사인 나비클럽이 이 프로젝트에 동참하면서
더욱 힘을 얻게 되었습니다. 《괴이한 미스터리》를 통해 출판
계에서 비선호 장르라 할 수 있는 미스터리, 추리, 호러에 대
해 더 많은 분들이 관심을 갖고 장르적 재미를 느낄 수 있으

면 좋겠습니다.

《괴이한 미스터리》는 '월영시'라는 기괴한 공간에서 일어나는 여러 가지 사건들을 다루고 있습니다. 월영시라는 무대는 괴이학회의 두 번째 도시괴담 앤솔러지인 《괴이, 도시》에 처음 등장한 도시입니다. 온갖 괴이들과 초자연적 존재들은 물론 이 어두운 기운에 끌려 흘러들어온 범죄자들까지 아우르는, 무슨 일이든 일어날 수 있는 곳입니다.

《괴이한 미스터리》에서는 이 월영시에서 일어나는 미스터리한 사건들에 초점을 맞춰보았습니다. 그 미스터리한 사건은 사람이 일으킨 것일 수도 있고, 인간이 아닌 다른 존재가 일으킨 것일 수도 있습니다.

또한 함께 고려한 것은 이 미스터리한 사건을 통해 우리 사회의 어두운 단면과 이로 인해 드러나게 되는 인간 심연의 공포를 다루고자 했습니다. 장르적 재미와 함께 작품을 읽고 나서 우리 사회 전반에 펼쳐져 있는 사회적 문제들 혹은 사각지대에 숨겨져 있어 인지하지 못하고 넘어간 사건사고들을 포착할 수 있는 시선을 담아내고자 했습니다.

《괴이한 미스터리》 4권 중 '범죄 편'은 가장 섬뜩한 내용을 담고 있습니다. 우리는 흔히 귀신보다 무서운 것이 사람이라고 합니다. 귀신이나 괴이라는 존재는 우리에게 두려움을 줄 뿐 직접적으로 사람을 해하는 경우는 많지 않습니다. 하지만 옆집에 살고 있는 범죄자는 언제든 나에게 위해를 가할 수 있습니다. 현실적인 공포를 자아냅니다.

월영시는 그 특유의 음습하고 어두운 기운 때문에 온갖 범죄자들이 몰려듭니다. 괴이들은 이들이 만들어내는 악한 감정을 좋아하고 이들을 통해 힘을 얻습니다. 인간이 뿜어내는 마이너스적인 감정은 월영시를 움직이는 가장 큰 원동력입니다.

《괴이한 미스터리》는 소설일 뿐이지만 현실은 더욱 끔찍하고 잔혹합니다. 그렇다고 해서 우리가 이런 현실에 눈을 돌려서는 안 됩니다. 저 섬뜩함 속에 숨어 있는 악마들을 우리는 명백하게 노려보고 그 범죄의 연속성을 끊어낼 필요가 있기 때문입니다.

기획 후기

기획 후기

한이 · 한국추리작가협회 회장

추리소설의 아버지로 여겨지는 우울한 천재 에드거 앨런 포는 자신이 창조한 장르가 이렇게까지 긴 생명력을 갖고 살아남으리라고 예상했을까요? 어쩌면 인간이 존재하는 한, 그리고 인간이 언제나 악에 이끌려 범죄를 저지르는 한, 추리소설은 어떤 방법으로든지 지속될 겁니다.

예전에 브루스 캐시디는 이런 말을 한 적이 있습니다. "추리소설이야말로 현대의 혼탁한 세태를 반영하는 거울이다." 거울에 비친 상이 얼마나 일그러져 있든, 그것을 들여다보는 것은 늘 즐거운 일입니다.

엄길윤 작가의 〈월영시는 당신을 기다립니다〉를 읽으면서 떠오른 영화가 있습니다. 로버트 로드리게스의 〈플래닛 테러〉와 쿠엔틴 타란티노의 〈데쓰 프루프〉입니다. 두 영화 모두 과도한 액션과 낭자한 혈흔, B급 감성이 충만한 영화들입니다. 엄길윤 작가의 작품 역시 모텔, 슈퍼마켓, 먹자골목, 택시 안으로 장소를 이동하면서 쉼 없는 액션이 이어집니다. B급 감성이라고 비하하는 것이 아닙니다. 주성치 영화 보고 운 사람이 저니까요.

"글 써서 언제 몇억 모을래?"라며 아내에게 구박만 당하는 추리소설가가 주인공인 황세연 작가의 〈흉가〉는 유머러스하게 읽히면서도 추리소설의 문법에 충실한 작품입니다. 새로운 집에 이사한 가족, 기괴한 일에 시달리는 남편, 어딘가 낯설어진 아내, 예전에 살다가 실종된 부부. 저는 황세연 작가가 준 로그라인에 들어 있는 다음의 문장이 참 마음에 듭니다. "시체는 어디에 있고 살인자는 누구일까? 단서는 바로 코앞에 있다."

〈한밤의 방문자〉를 쓴 전건우 작가의 첫 이미지는 얌전한 '교회 오빠'였습니다. 그런데 그 교회 오빠는 무시무시한 소설을 주로 쓰는 오빠였습니다. 이번에도 여성의 집 문 앞까지 따라와서 성폭행하려 했던 유명 사건이 떠오르는 이야기를 섬뜩하게 써줬습니다. 그런데 한밤의 방문자는 한 명이 아닙니다.

조동신 작가는 한국추리작가협회에서 가장 부지런한 사람입니다. 늘 갖고 다니는 두툼한 노트북으로 한결같이 글을 씁니다. 이번 〈붉은 스티커〉에서도 본인이 평소에 즐겨 다루던 본격 추리를 선보입니다. 밀실, 사라진 용의자, 알리바이 트릭. 여러 작품에 등장한 조대현, 윤경식 콤비도 다시 등장해 '귀신 헬리콥터'에 얽힌 사건을 해결합니다.

"가장 센 작품을 주셨네요." 저의 〈풀 스로틀〉을 보시고 편집자가 한 말입니다. 절대 그렇지 않습니다. 위에서 말한 것처럼 주성치의 〈소림축구〉를 보고 운 사람이 접니다. 공포영화 절대 못 봅니다. 〈컨저링〉, 〈쏘우〉 시리즈 하나도 못 봤습니다. 경애하는 스티븐 킹의 〈살렘스 롯〉도 무서워서 아직 못 읽었습니다. 단언컨대 마시멜로 같은 말랑말랑한 작품이니 즐겁게 읽으시길 바랍니다.

마지막으로 〈월영시는 당신을 기다립니다〉에서 빌려온 말로 마치겠습니다.

　"아직도 월영시에 자발적으로 왔다고 생각해요? 아닙니다. 끌려온 거예요. 악인이라면 기부할 수 없죠. 여긴 어떤 악행도 가능한 곳이니까요."

　아직도 이 책을 자발적으로 집었다고 생각하는 것은 아니시죠?

Ⓜ 한국추리작가협회

국내 유일의 추리문학 전문 작가들의 협의체로서 1983년 김성종, 이상우, 이가형 작가 등이 작가의 권익을 대변하고 참신한 신인 작가들을 발굴, 육성하자는 취지로 발족했다. 현재 서미애, 황세연, 도진기, 김재희, 최혁곤, 송시우, 박하익 등 100여 명의 작가들이 활발한 활동을 벌이고 있으며, 더 참신하고 패기 넘치는 작가와 작품들로 독자와 만나고, 세계로 진출할 새로운 도약을 준비하고 있다.

괴이학회

괴담, 호러 전문 출판 레이블. 괴담과 호러 콘텐츠의 부흥과 발전을 위해 만들어진 창작그룹이다. 전설과 신화, 민담을 포함한 괴담을 바탕으로 기괴하면서도 흥미로운 이야기를 만든다. 현재 50여 명의 창작자들과 함께 커뮤니티를 만들어 다양한 창작 및 제작, 출판 활동을 진행 중이다. 한 번도 본 적 없는 비틀린 상상력을 환영하고, 양꼬치를 먹으면서 결성된 그룹이기 때문에 중요한 날에는 양꼬치를 먹는다.

《괴이한 미스터리》 출간 프로젝트를 후원해주신 분들

강경천 강순덕 강아지배방구 강우석 개다키 게임발굴단 위즐로 경성 고민서 곽나윤 괴도1412 규리 그레이스 그리핀 그림자도둑 글라스 김개똥 김경덕 김동은 김레지 김명국 김민서 김민성 김민제 김병진 김사슴 김서연 김선규 김성모 김성철 김수현 김슬기 김아현 김영아 김우주 김유진 김은경 김은정 김이웅 金紫榮 김재희 김정아 김종원 김지수 김지원 김지현 김창현 김크랩 김태영 김하니 김현지 김혜선 김희태 깜깜멍 꽃님이 꽃이 꾸루꾸 나.재민 나강림 Lea.S 나님이여 나래 나쁜마녀 나새빈 날2 남기인 남상욱 냥 네버러질 넨이 노하늬 녹차시럽 뉴스 느린_김병준 니니 니델리 다9 다과 다루미 다솜 다크오키드 단청야 달빛마녀 달빛뿌리는냥이 데스다 델리 뎁이 도- 도비 독서거 동해천사 두부장수 둠바 디두 디봄보 딘 따옹 땅두 라니아케아 라디홍 라라 라온 라일라 라티라티 랄랄라 레오군 로 롤 료월 루루공주 류형규 린샤 마녀 A씨 마루 마린 마법사 맑은하늘 망나니 메디오크르 메론빵 명주 명품목소리 모카프라푸치노 몸실에바 무케무케 문다원 문채연 뭘비누 뭐할라꼬 뭐르헨 므마 미미 미역국공주 민- 민아롱이 민현기 밍- 바카 박군 박기태 박동우 박박 박상민 박서윤 박성결 박소영 박소은 박수민 박연진 박예나 박유빈 박재우 박종우 박주연 박지영 박지원 박한새 박혜림 박혜미 밝빛 방방이 방하윤 배고파웅 배은란 배정은 백여우님 뱁냥 벚꽃여왕 베로 변요한 별지기 보노보노 보스코 보이드Voyd 봉누누 부엉군 북극곰 비아 빠야빠야 삐미 사필귀정 산향푸딩 삼점일사 샘 생묘 샨니 서지혜 서찬호 설명환 설야차 설원 성현지 세이시나 센테 소다빙수 소소 소원 소정 소허니 손연서 솔 송지웅 송찬양 수 수정중 순선화 슈징 슬픈둘기 시아 시엘로나 신동원 신소희 신태성 신해진 실험체333호 쌍무기 쏘이콩 쑤기 아리에르 아린 아메 아사 아얌 아이제 아프로스미디어 아하아 안수진 안예은 암브로시아 앙팡 알루알루 양여진 양천재 에르에디이모집사 에이프릴 여래야 여름사람 여봄 여지은 여찬후 연교 연산홍 연장미 열대 옐로튤립 오디오코믹스 오솔 오오옹 오찬영 완벽한중2의비결 요닝쓰 요미언니 요쿨 우롱차 우병화 우주나옹 원의비밀 월랑곰 월유하 위래 위승연 유지해 유도연 유라 유리 유빈유빈유빈유빈유빈 유석주 유승재 유엘 유진곤 유혜영

유효정 유히사 윤나 윤선영 윤지 율비 은혜다혜 응디뚱디 이고운 이다연 이다영 이름 이민용 이상헌 이성수 이세림 이소망 이솔님 이수연 이수진 이승한 이아라 이예림 이울 이윤진 이재연 이정명 이제야 이츠미 이파란 이현아 이희주 인디아 일곱시 임라흔 임지환 잇츠미 장다솜 장선영 장영희(시호) 장예슬 장은화 장현진 재클린 전영균 전예슬 전한비 정민 정우원 정유진 정인기 정중구 제희 조민성 조병준 조소영 조유빈 조윤수 조해빈 조현우 중바 지니 지수 지쥰맘 차원의소녀 찰 채준영 채현 책벌레 챔 청리 청포도자두 체리 최수현 최아람 최재훈 치즈젤리 콩만두 탄산 태빵 토닥토닥 토담 토뿌시 토이필북스 파 파메 페리 편의점 평시민 프레즈 프리마 피금 피나 필립 하나 하늘호수별 하뮬란 하얀 하은경 하이바 하정현 한날 한율 해난 허니문 차일드 허상범 허수민 헬 현 현서아 현정/민경 혜우 호우 호원쓰 홍냥 홍수희 환옥맘81 황말랑 황미희 황새 황성현 후니네헤린이 후원자 후유 후은 흑랑 흠냐링 희성반쪽 히구 히써닝 히힛 28일후 36 405,24apm 8규 9**** air**** AMWE angelle**** anwjr**** athllan BB bel**** blue홀 cainern celine char'gry cheege**** cherry Dan-bi dd di**** dk**** dod**** DRGR dudurain ehdgus92**** Ellie elyasion Eonness ez**** fono gom greenfi**** gywls**** HANAHANA happy0**** HAROO hotooyoo HYEIN_KIM iluv**** imagery Introcronicle iw JLYH Joanne july**** Jyun keiry khs Ki Hyo Park kim kimjungmin kjin kky ksd**** Lake Life goes on ljh3**** lsh0**** Lullaby LUNA819 MeiS memory Mindooze MINOR NaKi nog**** nova**** OMMR orchid palstic H PINEA pipoppippo08 planetes RAPID ReN Ren RiA Rim romie rune savio**** SAYA seh**** Seo Yunbae Silvers lady Siyeong Yu sky91**** SPiCa ssangch**** ssy**** Sua Suki Park sulasula t**** Taelin Temisia Therose0524 tige**** VVan5963 whdthf**** wnsdnagd wOnhOc YJ Lee Yony younghun**** YUM Yun Yuna Hwang zoflrjs****

외 무기명 7명 총 535명 모든 분들께 진심으로 감사드립니다.

괴이한 미스터리 범죄 편

초판 1쇄 펴냄 2020년 8월 21일

지은이 엄길윤 황세연 전건우 조동신 한이
펴낸이 이영은
편집인 김현경
기획 김선민 한이
홍보마케팅 김소망
디자인 여상우
제작 제이오

펴낸곳 나비클럽
출판등록 2017. 7. 4. 제25100-2017-0000054호
주소 서울특별시 마포구 동교로22길 49 2층
전화 070-7722-3751 팩스 02-6008-3745
메일 nabiclub17@gmail.com
홈페이지 www.nabiclub.net
페이스북 @NabiClub
인스타그램 @nabiclub

ISBN 979-11-970387-5-4 04810
      979-11-970387-3-0 04810(세트)

이 도서의 국립중앙도서관 출판예정도서목록(CIP)은 서지정보유통지원시스템 홈페이지(http://seoji.nl.go.kr)와 국가자료공동목록시스템(http://www.nl.go.kr/kolisnet)에서 이용하실 수 있습니다.(CIP제어번호: 2020030987)